한국 다도 고전 茶神傳

한국 다도 고전

茶·神·傳·

초판 1쇄 발행 2021년 10월 14일

해   설   겸재 전재인ⓒ 2021

펴 낸 이   김환기
펴 낸 곳   도서출판 이른아침
주   소   경기 고양시 일산동구 정발산로 24 웨스턴타워 업무4동 718호
전   화   031-908-7995
팩   스   070-4758-0887
등   록   2003년 9월 30일 제313-2003-00324호
이 메 일   booksorie@naver.com

ISBN 978-89-6745-127-1 (03810)

한국 다도 고전 茶神傳

다신전

겸재 전재인 해설

이른아침

어제는 제주·완도가 있는 남쪽바다에서 먹구름이 밀려와 종일 비가 내렸다. 오늘은 흰 구름 한 조각이 유유히 가련봉에서 노닐더니 저녁이 되자 서쪽 진도 앞바다에 노을이 붉게 물들었다. 그 노을 지고 나자 백중(百中)날 밝은 달빛이 초당과 연못을 비추고, 자우홍련사(紫芋紅蓮社) 다실에는 찻물 끓는 소리 소란하고 떡차 굽는 향이 진동한다. 앞마당에는 배롱나무 붉은 꽃이 지천이다. 자연이 주는 감동이 파노라마(Panorama)로 연이어 펼쳐지는 이곳은 일지암(一枝庵)이다.

일지암은 해남 땅끝 두륜산(頭輪山) 동쪽 두륜봉(頭輪峰) 아래 있으며, 대흥사(大興寺) 무염지(無染池)에서 1.1km 위쪽에 있다, 해발 고도로는 400m 지점이다. 다성(茶聖) 초의선사(艸衣禪師)가 40여 년간 주석하며 『다신전(茶神傳)』과 『동다송(東茶頌)』을 저술하여 우리나라 다도(茶道)를 정립시킨 차의 성지(聖地)이자, 세계에서 유일한 산중다실(山中茶室)이 있는 곳이다.

필자는 2021년 봄과 여름을 거의 일지암에서 보냈다. 그해 8월 삼복더

위 때 해남에서 만난 김학수 선생은 "해남은 바다 가까이 있지만, 큰 산들(두륜산, 금강산, 달마산)이 세 개나 있어 물맛이 참 좋아." 하시면서 봉학리 당신네 집 마당에서 솟는 물을 삼베 두 겹으로 걸러 항아리에 하루 정도 양생(養生)했다며 차를 한잔 우려주셨다. 전기 포트로 그 물을 끓여 당신이 직접 만들었다는 뽕잎차를 큰 잔에 우려주시며 또 이런 말씀도 하셨다.

"차 맛은 물맛이지. 이것이 다반사(茶飯事)랑께!"

격식을 넘어선 소박하고 편안한 찻자리였지만, 차에서 물이 얼마나 중요한 요소인지 새삼 깨우치게 되는 자리이기도 했다. 비싼 차에 비싼 다구를 꺼내기 전에, 물부터 살펴볼 일이다.

그런데 물 좋은 해남에서도 일지암의 물은 참으로 빼어난 물이다. 해남군 삼산면(三山面) 구림리(九林里) 장춘동(長春洞)의 울창한 수풀과 두륜산 바위 밑으로 흐르는 청정 산수(山水)의 맨 꼭대기 물이 일지암의 물이다. 염분이 없고 용존산소량이 풍부하며, 무기물 함량도 20ppm 정도로 낮다. 차를 우려 2~3일 방치해도 비취색(翡翠色)이 거의 변하지 않는 것만 보아도 이 물이 최고의 찻물임을 쉽게 알 수 있다.

『다신전(茶神傳)』 「품천(品泉)」에서 초의선사는 "茶者(차자)는 水之神(수지신)이요, 水者(수자)는 茶之體(차지체)라" 하였다. '차란 물의 신(神)이요 물이란 차의 체(體)'라는 말이니, 차는 물에 색향기미를 더하고 물은 차에 들어 있는 다신(카테킨, 카페인, 테아닌 등)을 담아내는 주체라는 뜻이다.

또 "非眞水(비진수)는 莫顯其神(막현기신)이요, 非精茶(비정차)는 莫窺其體(막규기체)라" 하였으니, '진수(眞水) 아니면 다신(茶神)을 드러낼 수 없고 정차(精茶) 아니면 수체(水體)를 엿볼 수 없다'는 말이다. 거꾸로 말하면,

좋은 차가 있어야 물의 체를 온전히 볼 수 있고, 참된 물이라야 차의 신을 드러낼 수 있다는 가르침이다. 그렇다면 참된 물, 곧 진수(眞水)란 어떤 물일까? 우선 산 계곡에서 흐르는 지표수(地表水)로, 무기물(無機物, 특히 철, 칼슘, 마그네슘 등)이 거의 없으며, 숲속 그늘에서 흘러 산소가 풍부하고 신선한 물이라야 한다. 그래야 다신, 곧 차의 핵심 성분인 카테킨, 카페인, 테아닌 등이 잘 우러날 수 있다. 필자가 만난 김학수 선생은 전문적인 차인은 아니지만, 누구보다 찻물에 밝은 분이었다.

초의선사는 『다신전』에서 또 이렇게 일렀다.

"造時精(조시정), 藏時燥(장시조), 泡時潔(포시결)이면 다도진의(茶道盡矣)니라."

차를 만들 때 정성을 다하고, 보관할 때 건조하게 하며, 우릴 때 청결하게 하면 다도(茶道)는 끝난다는 말이다. 같은 가르침을 『동다송』에서는 조금 다르면서도 보다 구체적으로 설명했다.

"採盡其妙(채진기묘), 造盡其精(조진기정), 水得其眞(수득기진), 泡得其中(포득기중), 體與神相和(체여신상화), 建與靈相併(건여영상병), 至此而茶道盡矣(지차이다도진의)."

찻잎 채취에 그 묘함을 다하고, 만듦에 그 정성을 다하고, 물은 그 진수(眞水)를 얻고, 우림에 그 중정(中正)을 얻어야 물과 차가 잘 어우러지고 성분과 효능이 서로 나란하게 되니, 이것이 다도의 전부라는 말이다.

좋은 차와 인연이 되었을 때 산수(山水) 길어다 찻물 끓이고 정성으로 차를 우리는 것은 형식(形式)도 사치(奢侈)도 아니다. 오히려 이 세상에서 가장 소중한 나[我]를 위한 행복이요 영혼(靈魂) 하나는 맑게 할 수 있는 저마다의 다반사일 것이다.

한국 다도 고전 茶神傳

백중(百中) 둥근 달마저 진도 앞바다로 기울고, 저 밑 큰절에서 울리는 육중한 범종 소리가 달콤한 새벽 공기를 타고 올라온다. 그 소리에 맞추어 차 한잔 우려 대웅전 부처님과 초의스님 진영(眞影)에 공양 올리고, 오늘이 여기 머무는 마지막 날이라 생각하며 법당문을 나선다. 차나무 가지에는 어느새 꽃눈이 맺혔는데, 일지암 대웅전 앞에서 바라보는 두륜산은 어제도 오늘도 녹야(綠野) 장춘(長春)이고, 멀리 보이는 서쪽바다 아침놀이 참으로 눈부시다.

　필자는 1997년부터 회원들과 함께 『다신전』 공부를 시작했다. 2002년부터 『다신전』의 내용을 사진으로 담아내는 작업을 시작하여 2008년 5월에 『사진으로 읽는 다신전』을 펴냈다. 이어 2020년 10월에는 『한국 다도 고전 동다송』을 출간했다. 그리고 이제 『한국 다도 고전 다신전』 집필을 마무리하기에 이르렀다. 다성 초의선사가 『다신전』과 『동다송』을 지은 일지암에서 그 해설서를 마무리하자니 실로 가슴이 벅차고 시원하면서도 한편으로 부끄럽다.

　텅 빈 마음을 또 낮추어도 마음 못 생김이 부끄럽지만, 따스한 차 한잔이 밝은 마음으로 채워 주리라 생각한다. 이번 책이 나오기까지 함께 해주신 모든 분들께 감사를 전한다.

2021년 8월 22일 백중날 유천(乳泉)을 만들면서

겸재 合掌

차 례

1

採茶論

채다론

찻잎 채취

採茶論 抄出萬寶全書

採茶之候貴及其時太早則香不全遲則神散
以穀雨前五日爲上後五日次之再五日又次
之茶非紫者爲上而皺者次之團葉者次之
光而如篠葉者最下徹夜無雲沁露采者爲上
日中采者次之陰雨下不宜采産谷中者爲上
竹林下者次之爛中石者又次之黃砂中又次之

恐誰字又誤

一

採茶之候 貴及其時

채 다 지 후 귀 급 기 시

차 따는 철은 그 때를 맞추는 것이 중요하다.

採茶(채다) 찻잎을 채취(採取)함.

候(후) '살피다, 묻다, 모시다' 등의 뜻도 있으나 기본적으로는 '계절'의 의미로 쓰는 글자다. 여기 '채다지후(採茶之候)'의 네 글자 역시 '채다의 일'로 보기도 하지만 필자는 '차 따는 철'로 해석했다.

貴(귀) '귀하다, 귀중하다, 중요하다'의 뜻이며, 여기서는 '중요하다'의 뜻으로 풀었다.

及(급) '~에 미치다, 도달하다, 이르다, 닿다'의 의미이며, 여기서는 '(시기를) 맞추다'의 의미로 본다. 요즘 식으로 표현하면 타이밍(timing)을 정확히 맞추는 것이다.

時(시) 여기서의 '때'는 특정한 계절이나 '날짜'를 의미하는 동시에 하루 중의 특정한 '시각'을 의미하기도 한다. 앞에 나온 글자인 '후(候)'를 고려하면, 하루 중의 특정 시간대보다는 큰 범주에서의 철, 날짜, 타이밍이라고 볼 수 있다.

해설

『다신전(茶神傳)』의 서두는 '찻잎 채취'로 시작하는데, 그 첫 구절에서 우선 채취 '시기'의 문제를 거론하고 '타이밍'을 정확히 맞추는 것이 매우 중요하다고 강조하였다. 그런데 어느 식물이든 식용(食用)으로 이용하기 위해서는 채취의 시기를 잘 맞추어야 하는 것이 상식이다. 그럼에도 이처럼 책의 첫 구절부터 타이밍을 강조한 이유는 무엇일까? 이는 찻잎의 구성성분이 채취 시기에 따라 확연히 달라지기 때문이다.

"채다 시기를 맞추지 못하면
찻잎의 성분이 달라진다."

1 찻잎의 핵심 성분 : 카테킨, 카페인, 테아닌

찻잎

찻잎이 다른 식물의 잎과 달리 특별한 효능을 나타내는 것은 그 안에 '카테킨(Catechin), 카페인(Caffeine), 테아닌(Theanin)' 등의 성분이 들어 있기 때문이다. 지구상에 존재하는 35만여 종의 식물 가운데 이들 세 가지 성분을 동시에 지니고 있는 것으로는 차나무가 유일하게 알려져 있다.

차나무에서 채취한 찻잎에서 가장 큰 비중을 차지하는 것은 당연히 수분으로, 전체 질량의 75~80%를 차지한다. 생잎 1kg으로 수분이 완전히 제거된 차를 만들면 200~250g의 차가 나온다는 얘기다.

수분을 제외한 고형물(固形物)은 물이나 기름 등의 액체에 녹는 성분인 가용성(可溶性) 성분과 녹지 않는 불용성(不溶性) 성분으로 나뉘는데, 차탕에 우러나올 수 있는 가용성 성분은 전체 고형물의 50% 미만이다. 이중 카테킨, 카페인, 테아닌, 비타민B, 비타민C, 사포닌, 당류, 유기산, 무기물(칼륨, 인산, 칼슘, 마그네슘 등) 등이 물에 우러나는 수용성 성분이

카테킨의 분자 구조   카페인의 분자 구조   테아닌의 분자 구조

다. 우리가 차를 마실 때 이들 성분도 함께 마시는 것이다. 반면에 엽록소, 비타민A, 비타민E 등은 찻잎에 포함되어 있지만 물에 녹지 않는 성분이어서 차탕에는 없다.

2 봄마다 새 찻잎이 피는 이유는? 세포 분열!

봄이 되면 차나무에서 새싹이 올라오는 이유는 성장과 번식이라는 식물의 근본적인 존재 이유 때문이다. 번식을 위해 식물은 꽃을 피우고 열매를 맺어야 하는데, 차나무를 잘 살펴보면 한 해 이상 지난 가지에서는 꽃이 피지 않는다는 것을 알 수 있다. 차나무는 봄에 새싹을 피우고, 이 싹이 자라면 이파리가 되며, 대체로 여름을 지나는 동안 이파리의 밑부분이 목질화되어 가지가 된다. 그리고 가을에 이 새 가지에서 꽃이 피며, 이듬해 가을에 그 자리에 열매가 맺히고 씨앗이 달린다. 차나무의 입장에서 보면, 종족 번식을 위해서는 열매를 맺어야 하고, 열매를 맺기 위해서는 꽃을 피워야 하며, 꽃을 피우기 위해서는 새 가지가 만들어져야 하고, 새 가지가 만들어지기 위해서는 새잎과 새싹이 우선 필요하다. 그래서 봄이 되면 먼저 새싹이 자라나는 것이다.

식물들의 키가 자라고 새 이파리가 돋는 메커니즘(mechanism)을 한마디로 요약하면 세포 분열이다. 식물들은 세포 분열을 통해 일정한 시기까지 계속해서 덩치를 키우고 해

마다 새 이파리와 꽃을 만들어 낸다. 이렇게 지속적으로 세포 분열을 일으키기 위해서는 식물도 영양분이 있어야 하는데, 식물들은 탄소동화작용(炭素同化作用)을 통해 필요한 탄수화물을 스스로 만들어낸다. 차나무를 비롯한 녹색 식물들의 탄소동화작용은 다른 말로 하면 광합성(光合成)이다. 그런데 광합성에는 햇빛과 물과 이산화탄소가 반드시 있어야 한다. 이 가운데 식물이 섭취할 수 있는 햇빛과 물의 양은 우선 계절에 따라 크게 달라진다. 겨울에는 물이 얼어서 식물의 삼투압이 어렵고 일조량도 적으므로 대부분의 식물이 이파리를 떨구고 광합성을 쉬게 된다. 그러다 봄이 되면 광합성을 재개하게 되는데, 차나무의 경우 기온이 5℃가 되는 입춘 무렵부터 다시 광합성을 시작한다. 그리고 그 결과로 새잎과 새순이 돋아난다. 차나무 이외의 상록수들 역시 봄이 되면 이전의 겨울과는 차원이 다르게 활발한 광합성을 시작하면서 새순이 돋는다.

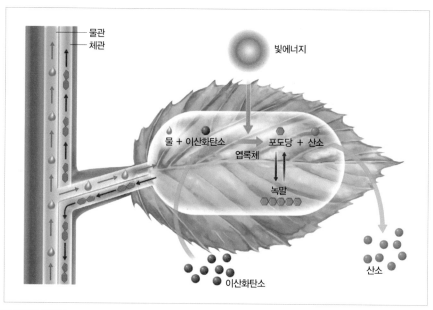

식물의 광합성 과정

3 동물은 왜 찻잎을 먹지 않을까?

모든 식물의 존재 목적은 그 생명의 보존과 확산에 있다. 어느 식물도 인간을 비롯한 다른 동물들의 먹잇감이 되려고 존재하지는 않는다. 따라서 식물들은 그들 나름의 생명 보호를 위한 방어기제를 갖추는 방향으로 진화하게 된다. 특히 새순이나 새싹 등 생명의 연장과 확산을 위한 필수 활동의 시기에 이런 방어기제의 역할이 두드러지는데, 한마디로 새순이나 새싹에 전에 없던 독성이 나타나는 것이다. 이렇게 식물이 자신을 방어하기 위해 만들어 내는 물질을 방어물질이라고 한다. 매실의 아미그달린, 은행의 빌로볼, 감자의 솔라닌, 고사리의 티아미나제와 타킬로사이드, 죽순의 시아노젠, 도토리나 감의 탄닌 등이 대표적이다. 이런 방어물질 덕분에 아무리 맛이 좋은 감자라도 싹이 날 때는 멧돼지가 먹지 못하고, 감을 아무리 좋아하는 새라도 어린 땡감은 떫어서 먹지 못한다.

차나무 역시 마찬가지다. 세포 분열로 새싹이 막 피기 시작할 때는 해충(害蟲)이나 균(菌)들로부터 살아남기 위한 방어물질인 카테킨(탄닌), 카페인, 테아닌이 동시에 생성되고 새싹에 함축되며, 따라서 어린 잎일수록 총질소량도 많아진다. 그런데 만약 찻잎 따는 시기가 늦어지면 비타민C는 증가하지만 다른 성분(카테킨, 카페인, 테아닌 등)은 상대적으로 감소하게 된다. 차의 고유한 풍미를 느끼기 어렵게 되는 것이다. 따라서 고급 차일수록 어린잎을 사용한다. 특히 테아닌의 경우 뿌리에서 줄기를 거쳐 잎에 저장되었다가 햇빛이 강하면 카테킨으로 전환이 되는데, 카테킨은 햇빛에 비례해서 증가한다. 늦게 딸수록 카테킨이 더욱 많아지고 그만큼 차 맛이 떫어지는 것이다.

4 죽로차가 좋다는 말의 의미는?

한편, 사람이 좋아하는 찻잎 성분의 일정한 구성 비율이 있다. 예컨대 덖음녹차의 경우라면 카테킨 약간에 상대적으로 많은 테아닌이 포함되어 있어야 적당히 쌉쌀하면서도

죽로차 다원

달콤한 녹차의 맛과 향이 나오게 된다. 카테킨이 주로 떫은맛을 내고 테아닌이 달콤한 맛을 내기 때문이다.

그런데 이러한 찻잎 성분의 적정한 구성 비율이란 인간의 기준일 뿐, 차나무가 원하는 것과는 상관이 없다. 차나무의 입장에서는 오히려 더 많은 카테킨에 더 적은 테아닌이 성장에 유리하다. 따라서 차나무는 더 많은 햇빛을 받고, 지속적으로 영양분을 축적하는 과정에서 카테킨의 비율은 늘리고 테아닌의 비율은 줄이게 된다. 이 과정에서 잎이 커지고 나아가 잎맥의 목질화가 진행된다. 잎맥이 목질화되어야 거기서 꽃을 피울 수 있기 때문인데, 이 단계가 되면 차나무가 만드는 영양분은 이제 잎이 아니라 꽃이 필 줄기로 더 많이 모이게 된다. 이것이 차나무의 자연스런 생장 과정이다.

이를 두고 『다신전』은 뒤에서 '시기가 늦으면 다신이 흩어진다'고 표현한다. 이를 다른 말로 하면 '영양분이 찻잎에 축적되지 않고 목질화된 가지로 가버린다'는 말과 같다.

이렇게 된 단계의 찻잎, 다시 말해 다신이 이미 흩어진 찻잎으로는 당연히 좋은 차를 만들 수 없다. 그렇다면 늦기 전에 찻잎을 따는 외에 다른 대안은 없는 것일까? 찻잎이 적절한 크기로 자라기는 하되, 카테킨 함량을 과하게 늘리지 않고 테아닌 함량도 과하게 줄이지 않는 재배법이 있다. 카테킨이나 테아닌 등 찻잎 구성성분의 함량 변화에는 햇빛의 양, 곧 일조량이 지대한 영향을 미친다. 옛사람들의 경우 카테킨이나 테아닌이라는 이름은 사용하지 않았지만 이런 구성성분과 햇빛의 관계에 대해서는 오늘날의 우리만큼이나 정확히 알고 있었다. 그래서 '죽로차가 좋다'는 말이 나온 것이다. 대밭의 차나무는 그늘 때문에 햇빛을 덜 받게 되므로 실제로 카테킨의 축적과 테아닌의 감소가 상대적으로 덜 일어난다. 일본 말차를 위한 재배법에서 나오는 차광(遮光) 재배는 죽로차 재배법의 현대적 응용일 뿐이다.

5 카테킨은 떫은맛 내는 항암제

차의 떫은맛은 폴리페놀(Polyphenol) 가운데 하나인 카테킨(Catechin)이라는 성분에서 비롯되는 것이다. 카테킨을 과거에는 탄닌(Tannin)이라고도 했다. 그런데 이 카테킨은 카페인과 함께 식물의 대표적인 방어물질이기도 하다. 해충이나 균 따위로부터 스스로를 지키기 위해 자기 몸속에 축적하는 일종의 독약 성분인 것이다. 해충이나 균의 몸을 구성하는 단백질이 카테킨을 만나면 응고되고, 이들이 카페인을 먹으면 신경이 마비된다.

독을 약으로 사용할 줄 아는 인간에게는 이 카테킨이 오히려 매우 유용한 성분이 된다. 차의 항암, 항산화, 살균, 해독, 소염, 지혈 작용 등이 모두 카테킨과 관련되어 있다. 또 우리 몸속의 중금속 중 카드뮴은 77%, 납은 80%, 구리는 61%, 그리고 방사성 물질인 스트론튬(Sr⁹⁰)도 흡착하여 배출한다고 한다. 한마디로 사람이 차를 기호음료 외에 보건음료로도 마시게 되는 이유 가운데 하나가 바로 이 카테킨 때문인 셈이다. 세계보건기구(WHO)와 《뉴욕타임즈》는 이런 카테킨이 포함된 녹차를 10대 암 예방 식품 가운데 하나로 선정했다.

이 카테킨을 포함한 찻잎의 폴리페놀은 탄소동화작용을 통해 생성되며, 따라서 일조량이 많으면 많을수록 찻잎의 카테킨 및 폴리페놀 함량이 증가한다. 찻잎 채취 시기가 늦으면 늦을수록 차 맛이 더 떫어지는 대신 항암작용 등의 효능은 늘어난다는 얘기다.

햇빛을 많이 받으면 더 늘어나는 것이 카테킨이지만, 채취된 찻잎으로 차를 만드는 과정에서는 오히려 그 함량의 비율이 줄어든다. 이는 산화(酸化)에 따른 결과로, 산화가 많이 일어날수록 카테킨을 비롯한 폴리페놀의 비율은 줄어든다. 보이차의 카테킨은 녹차의 그것에 비해 44% 적고, 홍차는 73% 적다고 한다.

일반적으로 차의 맛은 유리형(遊離型) 카테킨인 EC(Epicatechin)와 EGC(Epigallocatechin)는 쓴맛을 나타내고, 에스테르형(Ester)인 ECG(Epicatechingallate)와 EGCG(Epigallocatechingallate)는 쓴맛과 함께 수렴미(收斂味)가 있어서 떫은맛을 내는데, 이 수렴미는 카테킨 성분이 단백질(蛋白質)과 결합해서 응고되기 때문이다. 카테킨은 수용성이며 90℃ 이상에서 잘 우러난다.

6 각성작용 하는 쓴맛의 카페인

떫은맛을 내는 카테킨이 일조량에 비례하여 늘어나는 반면, 쓴맛을 내는 카페인(Caffeine)이나 감칠맛을 내는 테아닌은 반대다. 일조량이 많을수록 카페인은 줄어드는데, 이런 특징을 극대화하기 위해 찻잎 수확 전에 햇빛을 차광하여 카페인을 증가시키기도 한다. 그 대표적인 사례가 일본의 옥로차(玉露茶)다.

카페인은 체내에서 카테킨류와 결합형으로 존재하는데, 차 특유의 아미노산인 테아닌이 카페인의 활성을 저해하는 작용을 한다. 이 덕분에 카페인은 우리 신체 각 부위로 서서히 전달되어 각성작용(覺醒作用)을 나타내고 정신 활동을 높여준다. 그 결과 기억력과 판단력이 높아진다. 카페인은 또 지구력을 증강시키고 두통을 억제하며, 강심작용(强心作

20

햇빛을 차광하여 카페인과 테아닌을 증가시키는 시설

用)으로 심장의 운동을 왕성하게 하고, 이뇨작용(利尿作用)도 한다.

    차의 카페인은 줄기, 뿌리, 씨 등에도 함유되어 있으나 잎에 가장 많다. 잎이 어릴수록 상대적으로 많고 냄새는 없으며 쓴맛을 낸다.

7   알파파 만들어내는 감칠맛의 테아닌

차의 맛을 결정하는 주요 성분 중의 하나가 아미노산이다. 차의 아미노산은 25종이 알려져 있는데 이 중 테아닌(Theanin)이 60% 정도를 차지하며 독특한 감칠맛을 낸다.

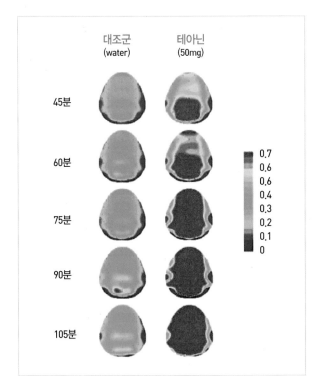

대조군 (water)	테아닌 (50mg)	
45분		
60분		0.7 0.6 0.6 0.4 0.3 0.2 0.1 0
75분		
90분		
105분		

테아닌 섭취 후 뇌파의 변화. 시간이 지남에 따라 알파파(붉은색 영역)가 증가하는 것을 확인할 수 있다.
(출처: Asia Pac J Clin Nutr. 2008;17 Suppl 1:167-8.)

지구상의 35만여 종에 이르는 식물 가운데 차와 극히 일부의 버섯(갈색산그물버섯)에만 존재하는 테아닌은 사람의 뇌파를 알파파로 형성·유지시키는 작용을 한다. 뇌 기능 활성화를 통해 집중력을 강화하고 스트레스를 줄여주며 정서를 안정시킨다. 광합성(光合成)으로 뿌리에서 글루타민과 에틸아민효소 작용으로 시작하여 줄기와 가지를 거쳐 잎에 저장되었다가 최종적으로 카테킨 성분으로 전환된다.

종자 번식으로 자란 차나무의 어린잎, 자갈밭에 뿌리를 깊게 뻗은 차나무, 야산 계곡에서 자라는 차나무, 일교차가 큰 곳의 차나무, 안개가 많은 지역에서 자란 차나무의 찻잎에 많다.

太早則 香不全 遲則神散
태 조 즉 향 부 전 지 즉 신 산
너무 이르면 곧 향이 온전치 못하고, 늦으면 곧 다신이 흩어진다.

글자풀이

太(태) '크다'의 의미 외에 '심히, 매우'의 뜻으로 쓰이며, 여기서도 그렇게 해석한다.

香(향) 초의스님의 『다신전』에는 '향(香)'으로 되어 있으나 원전인 『다록』에는 '미(味)'로 되어 있다. 두 글자 모두 '색향미(色香味)'를 함축한 말이어서 의미가 크게 다른 것은 아니다.

神(신) 다신(茶神). 차탕에 어리는 색향미의 형이상학적 표현. 차의 성분.

해설

앞의 '찻잎 딸 철에는 그 타이밍을 잘 맞추어야 한다'는 내용에 이어지는 구절이자, 조금 더 구체적으로 설명하는 내용이다. 타이밍을 맞추지 못하여 너무 일찍 따거나 너무 늦게 따면 찻잎이 어떻게 되는가? 한마디로 색향미가 온전히 갖추어지지 못하거나 다신이 흩어진다고 한다. 색향미가 갖추어지지 못하거나 다신이 이미 흩어진 뒤라면 당연히 제다 원료로서 그 찻잎의 가치는 크게 퇴색될 수밖에 없다. 이런 잎으로 차를 만들면 안 된다.

"기계로 채엽한 다원의 차나무에서는 꽃이 피지 않는다."

1 색향미가 온전해지는 시점

이 구절의 핵심은 찻잎 채취가 너무 빠르거나 늦으면 안 된다는 것이다. 우선 너무 빠르면 향(=찻잎의 색향미 성분)이 온전치 못하다고 한다. 새싹을 식용으로 이용하는 식물의 성장 과정을 생각해볼 때 지극히 당연한 말이다. 너무 어린 나물이나 새싹에 그 고유의 성분들이 충분히 축적되었을 리 없다. 찻잎의 경우에도 마찬가지여서, 창(槍)만 겨우 생기고 아직 기(旗)가 없다거나, 찻잎이 아직 전혀 피지 않은 상태에서 채취하면 너무 이른 것이다. 다음은 두릅 새순과 찻잎 새순의 알맞은 채취 시기를 사진을 통해 비교한 것이다.

너무 이른 두릅 새싹

사포닌과 비타민C가 가장 많은 채취 적기의 두릅

너무 늦어 순이 억세진 두릅

| 너무 이른 찻잎 새순 | 찻잎 성분이 가장 많은 채취 적기의 찻잎 | 잎 하단부가 줄기로 변해 이미 때를 놓친 찻잎 |

2 차나무는 실화상봉수

차나무는 상록수(常綠樹)로 입춘(立春, 2월 4일경)에서 곡우(穀雨, 4월 20일경) 사이에 세포 분열을 시작한다. 이로써 새싹이 자라기 시작한다. 새싹은 잎이 되어 피고, 그 잎이 더 자라면 하단부가 줄기로 변한다. 줄기는 처음엔 이파리와 같은 녹색이지만 자라면서 갈색으로 변하여 딱딱한 가지가 된다. 여름이 되면, 봄부터 자란 잎이 햇빛의 양을 감지하여 6월부터 꽃눈 호르몬 플로리겐(Florigen)을 형성하고, 마침내 가을이면 꽃이 핀다.

실화상봉수 찻잎 따는 시기를 놓치면 차의 성분이 잎에서 줄기와 꽃, 열매로 다 분산된다. 이것이 '지즉신산(遲則神散)'이다.

차나무의 경우 그해에 생긴 햇가지에서만 여름에 꽃눈이 생기고 가을에 꽃이 핀다. 봄과 여름에 찻잎을 기계로 바짝 채엽하는 경우 햇가지가 남지 않게 되고, 따라서 이런 차밭에서는 차꽃이 피지 않는다. 꽃이 지면서 결실이 되고, 이 열매는 이듬해 봄부터 다시 자라기 시작하여 가을에 씨가 완전히 익는다. 이렇게 작년에 생겨난 열매가 익는 동안, 올해의 햇가지에서는 또 새로운 꽃이 피어난다. 이처럼 열매[實]와 꽃[花]이 서로 만나게 되는 나무를 실화상봉수(實花相逢樹)라고 한다.

한국 다도 고전 茶神傳

以穀雨 前五日爲上 後五日次之
이 곡 우 전 오 일 위 상 후 오 일 차 지

再五日又次之
재 오 일 우 차 지

곡우(를 기준으로) 전 5일이 최고가 되고, 후 5일이 다음이며, 다시 5일이 또 다음이다.

글자풀이

穀雨(곡우) 24절기 중 6번째로 4월 20~21일. 식물이 겨울잠에서 깨어나 활동을 시작하는 입춘(立春)에서 75일 지난 절기이다. 1년 농사를 위하여 씨를 뿌리고 모를 키우기 시작하는 시기이고, 비가 오지 않으면 한 해 농사를 망칠 수 있으므로 이때 내리는 비는 단순한 물이 아니라 하늘에서 내려주는 곡식과 같다고 하여 곡우라 한다.

해설

앞서, 찻잎의 채취는 그 타이밍을 맞추는 것이 중요하고, 너무 빠르면 색향미가 부족하고 너무 늦으면 다신이 흩어진다고 했다. 여기서는 구체적인 채취 시기를 곡우를 기준으로 제시했다. 곡우를 4월 20일로 가정하면, 전 5일은 4월 15일이요, 이때 딴 것이 최상이라고 한다. 이렇게 곡우 전에 딴 찻잎으로 만든 차를 흔히 우전(雨前)이라고 한다. 다음은 곡우 닷새 후, 그러니까 4월 25일에 딴 찻잎이다. 마지막은 그로부터 다시 닷새 후, 즉 4월 30일에 딴 찻잎이다.

"우전차가 가능한 지역은
한반도에서 극히 일부"

1 우전차 경계한 초의선사

해남 대흥사의 초의선사 상

곡우 전 5일에 따는 찻잎이 최상이라는 『다신전』 등의 구절은, 한반도보다 위도가 아래인 중국 남부지역을 기준으로 한 것이다. 초의스님은 우리나라의 차를 논한 『동다송』에서도 『다신전』의 이 구절을 똑같이 소개한 후에 이렇게 말하고 있다.

"그러나, (내가) 우리나라 차를 시험해보니, 곡우 전후는 너무 이르다. 마땅히 입하(5월 5일경) 후가 적기가 된다[然 驗之東茶 穀雨前後太早 當以立夏後爲及時也]."

이처럼 초의선사는 입하가 지나야 찻잎을 딸 수 있다고 했지만, 오늘날에는 차나무 재배법의 발전과 지구 온난화 덕에 곡우 전에도 여러 지역에서 찻잎을 따고 있다.

茶非紫者爲上

다 비 자 자 위 상

차는 자줏빛 아닌 것이 좋다.

정상적인 찻잎

非(비) 『다신전』에는 '非(아닐 비)'로 되어 있는데, 그 원전에 해당하는 『만보전서』에는 '莽(잡풀 우거질 망)'으로 되어 있으며, 『만보전서』의 원전인 장원의 『다록(茶錄)』에는 '芽(싹 아)'로 되어 있다.

🫖 해 설

『다신전』과 『만보전서』와 『다록』 사이에 글자의 출입이 있어서 논란이 많은 구절이다. 먼저 최초의 원전인 『다록』에는 '茶芽紫者爲上(다아자자위상)'으로 되어 있다. 차의 싹은 자주색이 최고라는 의미다. 그러나 이는 과학적인 진실과는 거리가 멀다. 경우에 따라 사람들에게 크게 애호되는 자줏빛 차 싹이 있을 수는 있지만, 일반화시킬 수는 없다.

『만보전서』에는 '茶莽紫者爲上(다망자자위상)'으로 되어 있다. '莽(망)'의 의미가 명쾌하지 않고, 왜 이렇게 바꾸어 썼는지 설명하기도 어렵다. 단순한 오자일 가능성이 높다.

초의선사의 『다신전』은 『만보전서』에서 초출(抄出)한 것이다. 따라서 초의선사가 '莽(망)'이라는 글자를 '非(비)'로 바꾸었다고 볼 수 있는데, 이 경우에는 단순한 오자가 아니라 '일부러' 바꾼 것, 즉 교정(校訂)한 것으로 볼 수 있다. 그래야 『만보전서』의 해석되지 않는 잘못된 문구가 제대로 의미를 가지게 되기 때문이다.

이처럼 초의선사는 분명히 '자줏빛 아닌 차 싹이 좋다'는 지극히 과학적인 원리와 자신의 경험을 바탕으로 『만보전서』의 '莽(망)'을 '非(비)'로 바꾸었다고 볼 수 있다.

"엽록소는 팔색조(八色鳥)?"

1 바다가 파란 이유

우리가 맨눈으로 보는 태양빛은 대체로 색이 없는 백색광이다. 하지만 사실 태양빛에는 매우 다양한 색깔이 혼합되어 있다. 무지개를 보면 쉽게 알 수 있는데, 무지개는 햇빛을 구성하는 여러 색들이 공기 중의 물방울과 부딪히면서 저마다 서로 다르게 굴절, 반사, 분산되기 때문에 생기는 현상이라고 할 수 있다. 햇빛에 이처럼 다양한 색깔이 포함되어 있다는 사실을 처음 입증한 사람이 뉴턴(Newton)이고, 인공적으로 빛이 지닌 이 색들을 나누어서 관찰할 수 있도록 만든 기구가 프리즘이다.

빛은 또 일종의 물결이나 파도처럼 출렁이면서 움직이는 일종의 파동(波動)이다. 그런데 빛의 파동은 하나가 아니라 파장(波長)이 서로 다른 수많은 파동들이 합쳐진 것이다. 파장이란 파동의 크기를 나타내는 것으로, 파장이 큰 파동도 있고 작은 파동도 있으며, 그 중간도 있고, 중간의 중간도 있

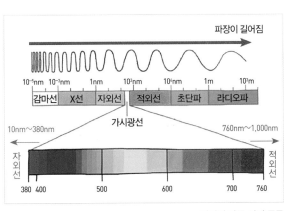

파장에 따른 빛의 종류

다. 대나무 마디처럼 정확히 나뉘지는 않는다. 이렇게 무수하고 다양한 빛의 파동들을 파장의 크기에 따라 일렬로 죽 늘어놓은 것이 소위 빛의 스펙트럼이다. 사람들은 이 스펙트럼 가운데 특정 부위들에 편의상 '빨주노초파남보' 식으로 이름을 붙인다. 빨강과 주황의 경계가 명확히 있는 것은 아니며, 태양빛에 파장이 서로 다른 파동들이 무수히 존재하는 것처럼 태양빛의 색깔 또한 무수히 존재한다고 할 수 있다.

파장은 흔히 나노미터(nm, 100만분의 1mm)라는 단위로 나타내는데, 인간이 눈으로 볼 수 있는 파장의 범위는 대략 380~760nm다. 이보다 파장이 크거나 작은 경우에는 인간의 눈으로 볼 수 없다.

'빨주노초파남보' 가운데 빨강은 파장이 가장 긴 빛이며, 반대로 보라는 파장이 가장 짧은 빛이다. 빨강보다 파장이 더 긴 파장, 그래서 인간의 눈에는 보이지 않는 빛을 적외선(赤外線, 760~1,000nm)이라 하며, 이는 눈에 보이는 '적색 바깥의 빛(파장)'이라는 의미

색	파장(단위 nm)	비고(약호)
RED	700~630	빨강(R)
Orange	630~590	주황(O)=빨강과 노랑의 중간색
Yellow	590~560	노랑(Y)
Green	560~520	녹색(G)=노랑과 파랑의 중간색
Cyan	520~490	청록색(C)=파랑과 녹색의 중간색
Blue	490~450	파랑(B)
Violet or Purple	450~400	남색(bV)=파랑과 보라의 중간색 보라(P)=파랑과 빨강이 겹친 색

가시광선의 파장에 따른 색 구분

한국 다도 고전 茶神傳

다. 사람 눈으로는 볼 수 없지만 적외선 렌즈를 장착한 카메라로는 볼 수 있다. 반대로 보라색보다 파장이 더 짧은 경우는 자외선(紫外線, 10~380nm)이라 한다. 눈에 보이지도 않는 태양빛의 이 자외선이 우리의 피부를 태우고 피부암을 유발하기도 한다. 우리 눈에는 보이지 않지만 꿀벌은 이 자외선도 볼 수 있다고 한다. 자외선보다 파장이 더 짧은 것도 있는데, X선(X-ray)과 감마선이 그것이다.

어떤 물체가 특정한 색깔을 띤다는 것은, 그 물체가 빛 속에 들어있는 다양한 파장의 빛 가운데 특정한 파장의 빛을 가장 많이 반사한다는 의미다. 모든 가시광선을 모두 흡수하기만 하는 물체는 검게 보이고, 반대로 모든 빛을 반사하는 물체는 흰색으로 보인다. 무언가가 투명하다는 말은 모든 빛을 그대로 투과시킨다는 말과 같다. 흰눈은 모든 빛을 반사하기 때문에 눈이 부시고, 블랙홀은 모든 빛을 남김없이 빨아들이기 때문에 이름이 블랙홀이다.

물은 대체로 빨강을 잘 흡수하고 파랑을 많이 반사한다. 햇빛이 물에 닿으면 우선 적외선과 빨강 계통의 빛이 물에 흡수된다. 이들 붉은 계통의 빛은 수심 약 18m까지 내려가면 완전히 흡수되어 우리 눈에 보이지 않게 된다. 반면에 파랑 계통의 빛은 가장 느리게 흡수된다. 따라서 수심이 깊어질수록 파란빛만 많이 보이게 된다. 바다가 파란 이유가 이 때문이다. 물의 이러한 빛 흡수와 반사가 우리 눈에 인식되려면 물의 깊이가 적어도 3m는 되어야 한다. 그 이하의 얕은 물에서는 물이 어느 색을 흡수하고 어느 색을 반사하는지 우리 눈이 제대로 감지할 수 없고, 그래서 대체로 투명으로만 보인다.

2 엽록체 공장과 엽록소

이제 우리는 한여름의 나뭇잎들이 왜 녹색(초록색)으로 보이는지 쉽게 설명할 수 있다. 나뭇잎이 햇빛의 빨주노초파남보 가운데 다른 빛은 모두 흡수하지만 유독 초록색만은 흡수하지 않고 반사를 하기 때문이다. 그 반사된 녹색의 파장이 우리 눈에 들어오는 순간

푸른 녹색의 찻잎들

우리는 '나뭇잎=초록색'이라고 인식하게 되는 것이다.

하지만 이는 현상에 대한 설명일 뿐, 나뭇잎이 왜 유독 초록색만 많이 반사하는지는 설명하지 못한다. 나뭇잎은 왜 유독 녹색만 반사할까? 나뭇잎을 비롯한 특정 물체가 빛을 흡수하거나 반사하는 이유는 그 안에 특정한 색소(色素)가 있기 때문이다. 만약 어떤 물체가 가시광선 안의 파장을 전부 흡수하는 색소들을 모두 가지고 있다면 그 물체는 우리 눈에 검게 보인다. 반사되는 빛이 없기 때문이다. 반대로 어떤 파장도 흡수하지 않고 모두 반사한다면 흰색으로 보인다.

그렇다면 우리는 일단 나뭇잎의 경우 가시광선 가운데 초록색 파장의 빛을 반사하는 색소를 많이 가지고 있다는 것을 알 수 있다. 나뭇잎의 이 색소를 흔히 엽록소(葉綠素)라고 한다. 잎에 있는, 녹색 빛을 반사시키는 색소라는 의미이다. 이 색소는 빨강이나 노랑이나 보라색 등 다른 파장의 빛은 매우 잘 흡수하지만, 유독 녹색은 잘 흡수하지 않는다.

이 엽록소들이 하는 가장 중요한 일은 햇빛 속에 들어있는 특정 파장의 빛들, 곧 녹색을 제외한 빛들을 흡수하는 것이다. 그렇게 흡수한 빛에너지를 물과 이산화탄소를 이용하여 화학에너지, 즉 영양분으로 바꾸는 과정을 흔히 광합성(光合成)이라 한다. 광합성을 위해 꼭 필요한 것이 빛에너지고, 그 빛에너지를 흡수하는 것이 엽록소의 일차 역할이다. 엽록소들이 빛을 흡수하여 영양분을 생산하는 공장을 엽록체(葉綠體)라고 하는데, 나뭇잎을 구성하는 수많은 세포들 속에 이 공장들이 있다. 엽록소들이 일하는 공장이어서 엽록체라고 부른다.

거꾸로 말하면, 나뭇잎은 수많은 세포로 구성되어 있고, 그 세포 안에는 엽록체라는 공장이 있으며, 거기서 빛을 받아들이는 역할을 맡은 색소가 엽록소다. 빛 가운데 녹색을 반사시키는 색소여서 이름이 엽록소다. 물론 식물의 세포 안에 존재하는 색소는 엽록소만은 아니다. 노랑이나 빨강을 반사시키는 색소도 있고, 그 비율은 식물마다 제각각이다. 하지만 봄과 여름, 엽록체 공장이 열심히 돌아갈 때는 엽록소가 그 비중에서 절대적인 우위를 차지하기 때문에 우리 눈에 나뭇잎이 녹색으로 보이는 것이다. 그러다가 가을이 되고 겨울이 되어 날씨가 추워지면 엽록체 공장에 수분 공급이 중단된다. 이렇게 햇빛과 물과 이산화탄소로 돌아가는 엽록체 공장에 물 공급이 중단되면 공장은 문을 닫을 수밖에 없고, 공장이 문을 닫으면서 엽록소 역시 그 생을 마감하게 된다. 이때가 되면 여름내 숨죽이고 있던 다른 색소들, 예컨대 노랑이나 빨강이 다시 우위를 점하게 되고, 이

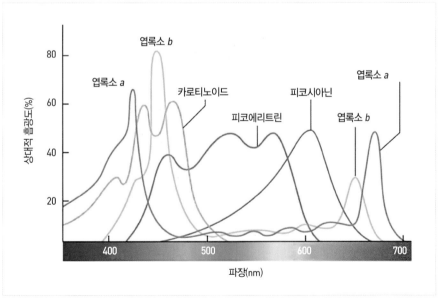

색소별 상대적 흡광도 녹색식물의 핵심 색소인 엽록소 *a*와 *b*, 카로티노이드는 녹색을 흡수하지 않는다. 그래서 식물들이 녹색으로 보이는 것이다.

렇게 색이 변한 나뭇잎들을 보고 우리는 단풍이라고 부른다. 햇빛이 줄고 기온이 차가워지면 나뭇잎은 뿌리에서부터 올라오는 물을 자동으로 차단하는데, 이파리의 밑부분에 있는 잎자루가 스스로 이런 수도꼭지의 역할을 한다.

식물 이파리를 초록색으로 보이게 하는 엽록소는 사실 한 종류가 아니다. 그 분자의 구조에 따라 엽록소a, 엽록소b, 엽록소c, 엽록소d, 엽록소e 등으로 구분한다. 이 가운데 식물의 광합성과 관련하여 핵심적인 역할을 하는 것은 엽록소a와 엽록소b다. 이 가운데 엽록소a는 붉은색 계통의 빛 흡수를 관장하고 엽록소b는 파랑 계통의 빛 흡수를 맡는다. 이 둘 가운데 아무도 흡수하지 않는 색이 초록색이고, 보통의 나뭇잎이 초록인 이유가 이것이다. 조금 단순하게 말하면, 광합성작용을 제대로 하는 식물들에는 엽록소 a와 b가 많은 것이 일반적이고, 잎이 녹색으로 보이는 상태야말로 엽록체 공장이 잘 돌아가고 있다는 증거가 된다. 엽록체 공장이 잘 돌아간다는 것은 광합성이 활발하게 이루어진다는 뜻이고, 해당 식물이 잘 자라고 있다는 말과 같다.

3 엽록소의 변색 원인

가을이 되면 녹색식물 대부분이 갈색으로 변하게 되는데, 이는 엽록소 분자가 분해되어 페오피틴(pheophytin)이라는 갈색 색소로 변하기 때문이다. 상추나 시금치 따위는 물론 찻잎도 채취한 뒤 점점 녹색을 잃고 갈색으로 변하는데, 모두 엽록소가 분해되어 다른 색소로 변하기 때문이다. 그렇다면 엽록소는 어떤 경우에 분해되어 다른 색소로 바뀔까?

첫째, 엽록소는 산(酸)에 약하고 알칼리에 강하다. 따라서 산을 만나면 분해되기 쉽다. 녹색의 잎채소를 나물로 무칠 때, 식초는 식탁에 올리기 직전 마지막으로 넣곤 하는데, 식초라는 산에 의해 엽록소가 파괴되는 것을 최대한 지연시키기 위함이다. 반대로 김치나 오이 피클 따위는 산을 이용하여 페오피틴 생성을 촉진한 음식이다.

둘째, 효소(酵素)에 의해서도 엽록소의 변색이 일어난다. 채취한 찻잎을 살청(殺靑)하지 않고 그대로 공기 중에 두면 푸른 잎이 갈색으로 변하는데, 이는 찻잎 내의 효소에 의해 호흡 및 자가소화 작용이 일어나고, 그 결과 유기산이 생기기 때문이다. 이 유기산은 엽록소에 작용하여 페오피린을 생성한다. 효소에 의한 이와 같은 유기산의 생성을 막기 위해서는 산을 만들어 내는 효소의 활동을 정지시켜야 한다. 또 잎의 채취와 동시에 유기산의 생성이 시작되므로 이미 생긴 휘발성의 유기산을 신속히 증발시킬 필요가 있다. 찻잎을 고온의 가마솥에 덖거나 수증기로 찌는 이유가 이것이다. 동일한 원리에서, 녹색 채소를 색깔이 유지되도록 데치려면 물이 끓은 뒤 채소를 넣고, 2~3분 동안 뚜껑을 덮지 않고 고온에서 단시간에 데치는 것이 좋다.

셋째, 가열(加熱)도 엽록소의 분해를 촉진한다. 찻잎 덖는 과정을 통해 설명하면 이렇다. 먼저 찻잎을 고온에서 덖거나 수증기로 찌면 조직의 부분적인 파괴가 일어나고, 액포 내의 휘발성 및 비휘발성 유기산들이 유리(遊離)된다. 산화가 멈추게 되고 엽록소 파괴가 중단되는 것이다. 그런데 솥의 온도가 충분히 높지 않고, 그래서 장시간에 걸쳐 찻잎을 서서히 덖을 경우에는 찻잎 조직 내에서 엽록소를 안전하게 하고 있던 단백질과의 결합이 끊어지게 되고, 오히려 엽록소가 유리되어 조직 중의 유기산과 반응해서 페오피틴을 생성하게 된다. 갈변이 촉진되는 것이다. 『다신전』의 '시소실취(柴疎失翠)'가 이런 현상을 설명한 것이니, 약한 불로 덖으면 비취색을 잃게 된다는 말이다.

넷째, 금속을 만나면 그 색이 변한다. 예컨대 엽록소가 구리(Cu)와 반응하면 청녹색의 클로로필리드가 생성된다.

이런 엽록소의 변화 외에 다른 여러 이유로도 찻잎 혹은 완성된 차는 그 색이 변할 수 있다.

> # 而皺者次之 團葉者次之 光而如篠葉者最下
> 이 추 자 차 지　단 엽 자 차 지　광 이 여 소 엽 자 최 하
>
> 주름진 잎이 다음이고, 말린 잎이 다음이며, (빛나고) 조릿대 잎같이
> 생긴 것은 최하품이다.

↑주름지고 말린 찻잎
↓조릿대 잎같이 생긴 찻잎

한국 다도 고전 茶神傳

글자풀이

光(광) 『만보전서』나 『다록』에는 '面(면)'으로 되어 있다.

해 설

앞에서는 우선 찻잎의 색깔에 대해 말했는데, 자줏빛 아닌 것이 좋다고 했다. 이어서 찻잎의 모양에 대해 설명하는데, 좋지 않은 모양을 예시하여 설명했다. 건강한 찻잎이란 여러 영양소가 적절히 균형을 이룬 상태일 텐데, 토양이나 기후, 일기에 따라 충분한 영양소가 공급되지 못할 수도 있다. 이런 영양소 가운데 칼슘(Ca), 철(Fe), 붕소(B)가 부족하면 어린 찻잎은 쭈그러지고 뒤틀린 모양이 된다. 만약 아연(Zn)이나 철(Fe)이 부족하면 잎이 짧아진다. 조릿대 잎같이 뾰쪽한 것은 광합성 부족과 영양 결핍에 따른 것으로, 최하품의 찻잎이다.

부동성(浮動性) 미량원소인 칼슘(Ca), 철(Fe), 붕소(B) 부족 현상이 나타난 찻잎

2020년 여름의 긴 장마(60여 일)로 탄소동화작용이 제대로 되지 않아 구부러지게 자란 고추

徹夜無雲 浥露采者 爲上 日中采者 次之
철 야 무 운 읍 로 채 자 위 상 일 중 채 자 차 지

陰雨下 不宜采
음 우 하 불 의 채

밤새 구름 없이 맑은 밤에 이슬을 흠뻑 머금은 찻잎을 딴 것이 최상이고,
한낮에 딴 것이 다음이며, 흐리고 비가 올 때는 마땅히 따지 않는다.

이슬을 머금은 새벽의 찻잎

采(채) 採(캘 채)의 오기이다.

해 설

찻잎 채취를 위한 최적의 날씨, 하루 중의 최적 타이밍을 설명하고 있다. '철야무운(徹夜無雲)'은 '밤새[徹夜] 구름이 없다[無雲]'는 말이니, 전날 밤에 비가 오거나 구름이 끼지 않고 맑아야 한다는 말이다. '읍로(浥露)'는 이슬에 흠뻑 젖었다는 말이니, 찻잎에 이렇게 이슬이 흠뻑 맺히려면 밤과 낮의 일교차가 커야만 한다. 일교차가 클수록 이슬이 잘 맺히는 것이다. 이 구절을 요즘 표현으로 정리하면, 맑고 일교차 큰 새벽에 이슬 맺힌 찻잎을 따는 것이 최고 좋다는 말이다.

이어서 한낮에 따는 것은 그나마 괜찮지만 흐리고 비가 올 때는 찻잎을 따서는 안 된다고 한다. 이는 찻잎 내부의 수분이 많아지기 때문이다.

맑고 일교차가 큰 새벽에 이슬 맺힌 찻잎을 따는 것이 최고로 좋다.

"구름 없이 맑은 다음날 새벽이
최적 타이밍!"

1 흐린 날 찻잎을 따면 안 되는 이유

초의스님은 『동다송』 제22송(頌)에서 올바른 차 만들기를 설명하며 "음채야배(陰採夜焙) 비조야(非造也)"라고 단언한다. 흐린 날 찻잎을 따서 밤에 덖는 것은 엉터리 제다라는 것 이다. 『다신전』의 이 구절에서도 흐리거나 비가 올 때 찻잎을 따서는 안 된다고 말한다. 왜 그럴까?

봄의 찻잎은 해가 있는 낮 동안 활발하게 탄소동화작용을 한다. 그런데 흐리거나 비가 오면 이 탄소동화작용에 다소 문제가 생긴다. 뿌리에서 올라오는 물은 충분한 반면 햇빛 이 부족하므로 탄소동화작용이 활발하지 못하게 되고, 결국 사용되지 못하여 분해되지 않은 물이 불필요하게 찻잎에 축적되는 것이다. 이렇게 수분이 많은 찻잎은 솥에서 덖을 때 충분히 신속하게 수분이며 산(酸)을 증발시키기 어렵고, 결과적으로 맛이 탁하고 향이 맑지 못한 차가 된다.

같은 이유에서, 떡차를 만들 때는 수증기로 찐(살청) 후 가마솥 밖에서 김을 완전히 날 려 보내고 절구에 찧어야 한다. 이어 떡차의 형태를 만들고 건조할 때도 흐리거나 대기 습도가 높은 날이 지속되면 곰팡이가 생기기 쉬우므로 주의해야 한다.

2 일교차와 찻잎의 영양성분

본문에서는 찻잎을 따기 전날 밤에 구름이 끼어서는 안 된다고 한다. 또 구름이 끼지 않아야 다음날 새벽에 이슬이 잘 맺힌다고도 한다. 오늘날과 같이 과학적인 분석이 없던 시절에도 사람들은 구름과 기온의 상관관계를 잘 알고 있었기 때문에 이런 가르침이 나올 수 있었다.

실제로 구름이 많이 끼면 기온이 덜 떨어진다. 예컨대 구름 없이 맑은 날에는 특정 장소에서 고도가 100m 높아질 때마다 기온은 0.6℃씩 낮아진다. 그런데 구름이 끼어 흐린 날에는 0.3℃씩만 떨어진다. 같은 장소라도 밤에 구름이 얼마나 끼는가에 따라 낮아지는 밤 기온에 차이가 생기는 것이다.

이렇게 구름이 끼어 밤 기온이 덜 내려가면, 찻잎은 상대적으로 추위에 덜 떨게 되고, 그러면 낮과 비교하여 큰 차이가 없는 호흡을 하게 된다. 하지만 낮처럼 광합성을 할 수는 없으므로, 이미 축적된 영양분을 호흡에 사용하느라 허비하게 된다.

반면에 구름이 끼지 않아 밤 기온이 확 떨어지면 온도차에 의해 찻잎에 결로가 일어나고, 찻잎은 호흡을 최대한 줄이게 된다. 따라서 효소의 소모도 줄고, 축적된 영양분의 사용도 필요치 않게 된다. 카테킨, 카페인, 테아닌 등이 낭비되지 않고 고스란히 찻잎에 축적되는 것이다.

햇빛이 쨍쨍한 한낮에 찻잎을 채취하면, 광합성작용은 활발하게 일어나지만 축적된 영양분 가운데 일부가 줄기나 뿌리로 이동하는 문제가 있다. 결국 맑은 날 새벽이슬 맺힌 찻잎을 따야 최고라는 결론이다.

産 谷中者 爲上 竹林下者 次之
산 곡 중 자 위 상 죽 림 하 자 차 지

계곡에서 생산된 것이 가장 좋고, 대숲 아래의 것이 다음이다.

높은 산에서 자라는 차나무의 잎으로 만든 차는 보통 특별한 대접을 받는다. 이는 고도가 높을수록 일교차가 커진다는 원리와 관계된 것이며, 일교차가 클수록 차나무는 잎에 더 많은 영양분을 축적하게 된다.

일교차가 크다는 것은 밤 기온이 그만큼 더 낮다는 뜻으로, 기온이 낮아지면 찻잎의 호흡량이 줄고 효소(酵素) 소모도 감소한다. 결국 영양분이 흩어지지 않고 잎에 더 많이 축적된다.

한편, 식물의 탄소동화작용(炭素同化作用)에는 4대 요소가 있는데, 물, 이산화탄소, 엽록소(클로로필), 햇빛이 그것이다. 햇빛이 거의 없는 대숲에서 자란 찻잎은 그만큼 충분한 탄소동화작용을 하지 못했다는 뜻이다. 그런데 왜 죽로차가 좋다는 것일까? 그늘이 짙은 대나무 숲에서 자라는 찻잎은 얇고 넓으며, 빛을 흡수하지 못하여 생장이 느리게 진행된다. 또 찻잎의 엽록소b가 많아서 초록색이 짙다. 그러나 뿌리에서 흡수된 물을 분해하는 에너지가 약해서 향과 맛에 차이가 생기는데, 대체로 아미노산과 카페인은 증가하지만 비타민과 카테킨은 감소한다.

산설야우(山雪野雨) 고도에 따른 온도 차이로 산에는 눈이 내리고 들에는 비가 온다. 일교차가 큰 고고도 지역의 찻잎에 더 많은 영양분이 축적된다.

돌밭, 산성토(pH 3~4)에서 잘 자라는 차나무

爛(난) 여기저기 매우 많이 흩어진 모양을 나타내는 글자다.

爛中石者(난중석자) 난석중자(爛石中者)에서 글자의 순서가 잘못 바뀐 것으로 보인다. 여기저기 돌이 많이 흩어진 곳, 곧 돌밭에서 자란 차나무의 의미다.

해설

차밭의 토질에 대해 논한 부분이다. 돌밭에서 자란 것이 제일 좋고 황토밭에서 자란 것은 그다음이라고 한다. 실제로 차나무는 화강암 바위와 자갈이 많은 산성토(pH 3.0~4.0)에서 잘 자라는, 흔치 않은 식물이다.

"모진 세월 견뎌낸 차나무의 일생"

1 산성 토양에서 잘 자라는 차나무

초여름에 꽃이 피는 수국은 푸른색과 붉은색의 두 가지가 있다. 품종이 서로 다르기 때문일 것이라 생각하기 쉬운데, 사실은 토양의 산도(pH)에 따라 꽃 색깔이 달라지는 것이다. 토양이 산성이면 푸른색 꽃이, 토양이 염기성이면 붉은색 꽃이 핀다. 수국의 꽃 색깔을 보면 그 땅이 산성인지 알칼리성인지 알 수 있다는 얘기다.

쉽게 짐작할 수 있는 것처럼 땅이 산성이 되거나 지나치게 알칼리성이 되면 대다수 식물들은 잘 자라지 못한다. 일반 과수의 경우 pH 5.5~7.5 정도, 즉 약산성에서 중성 정도의 토양에서 재배가 가능하다. pH가 5.5 이하의 산성이 되면 생육에 장애가 생기고, pH 4 이하의 강산성에서는 아예 생육 자체가 어렵다. 또 pH 7.5 이상의 강한 알칼리 토양에서도 잘 자라지 못하며, pH 8.5 정도가 넘어가면 역시 생육 자체가 어렵다.

하지만 특이한 수목도 있어서, 산성토에서 오히려 잘 자라는 경우가 있다. 우리가 흔히 볼 수 있는 과수 중에는 블루베리가 대표적이다. 블루베리는 pH 4.0~5.0 정도의 산성토에서 더 잘 자라며, 다른 과수들이 잘 자라는 중성 토양에서는 쉽게 죽어버린다. 그래서 많은 블루베리 재배 농가에서는 커다란 대형 화분에 블루베리를 심고 토양을 산성으로 유지하기 위한 거름이나 비료를 사용한다.

블루베리 외에 나무로는 소나무, 진달래, 철쭉, 영산홍도 산성토(pH 4.5~5.5)에서 잘 자

↑ 블루베리의 각별한 재배법
↓ 산성토에서 자라는 진달래

라는 식물이다.

차나무 역시 산성토에 알맞은 식물이다. 차나무는 칼슘(Ca), 마그네슘(Mg), 칼륨(K) 성분이 적은 강산성(pH 3.0~4.0) 토양, 특히 화강암 바위와 자갈이 많은 산성토에서 잘 자라는데, 일반적인 과수는 이런 환경에서는 생육이 몹시 어렵다. 보통의 경우 pH가 4.0 이하로 내려가면 뿌리 세포의 대사 이상이 일어나며, 3.0 이하가 되면 삼투압 작용이 거꾸로 일어나 나무의 뿌리에 있던 영양분이 어히려 토양으로 빠져나가 버린다. 그런데 차나무는 이런 강산성 토양에서 오히려 잘 자라고, 중성 토양에서는 오히려 잘 자라지 못한다. 따라서 돌 없는 평지의 일반적인 농토에 차나무를 심고 거름이나 비료까지 준다면, 비록 죽지는 않더라도 좋은 차나무가 되기는 어렵다.

2 식물의 천이(遷移)

차나무가 바위나 자갈이 많은 산성토에서 잘 자라는 것은 이 나무가 본래부터 열악한 환경을 좋아해서는 아니다. 좋은 환경을 다른 나무들에 빼앗기고 결국 환경이 열악한 곳으로 쫓겨나 살게 된 것일 뿐이다.

식물이 없던 빈 땅에 처음 자리를 잡는 것은 대개 개망초, 꽃다지 따위의 한해살이풀들이다. 농사를 짓다가 버려둔 땅에 가장 먼저 생겨나는 식물이 이런 풀들이다. 이들에 의해 땅에 어느 정도 영양이 축적되면 쑥, 토끼풀, 억새 등의 여러해살이풀들이 그 자리를 차지한다. 쫓겨난 한해살이풀들은 다시 새로운 땅에 정착해야 한다. 시간이 더 지나면 여러해살이풀들은 싸리나무나 진달래 따위의 관목들에게 자리를 내주고 쫓겨난다. 차나무 역시 관목이어서 진달래 따위가 숲을 만들기 시작할 때 같이 뿌리를 내린다. 하지만 이들은 곧 소나무나 잣나무 등 교목의 침엽수에 자리를 빼앗긴다. 마지막으로 교목 침엽수는 참나무나 떡갈나무 등 키가 더 크고 잎도 넓은 교목 활엽수에 자리를 내주고 물러난다. 이렇게 특정 지역의 식물 생태계가 변화되는 과정을 천이(遷移)라고 하는데, 한

황토밭에 조성된 다원

마디로 쫓겨난 식물들이 이사를 가는 것과 같다. 물론 이런 변화는 하루이틀에 이루어지는 것이 아니라 짧게 이삼백 년, 길게는 몇 천 년 단위로 이루어진다.

차나무 역시 이런 천이의 과정에서 점점 더 열악한 환경으로 이동하여 살게 된 것이다. 관목인 차나무보다 키가 큰 교목의 나무들이 숲에 침입하여 자리를 잡기 시작하면 차나무는 충분한 햇빛을 확보할 수 없고, 결국 다른 나무들이 잘 자라지 못하는 바위투성이 산성토에 군락을 이루어 자라도록 진화된 것이다. 다른 식물은 일반적으로 산성토에서는 발아(發芽)가 잘 되지 않으나, 차나무는 산성토에서 오히려 발아가 잘 되고, 거름이 많고 양분이 좋은 알카리 토양에서는 거의 발아가 되지 않는다.

2

造茶
조다

차 만들기

新採揀去老葉及枝梗碎屑鍋廣二尺四寸將
茶一斤半焙之候鍋極熱始下茶急炒火不可
緩待熟方退火徹入篩中輕團枷數遍復下鍋
中漸∴減火焙覺爲度中有玄微難以言顯火
候均停色香美玄微末究神味俱妙

造茶

徹

新採 揀去老葉 及枝梗碎屑

신 채 간 거 노 엽 급 피 경 쇄 설

새로 채취한 찻잎 중에서 묵은 잎, 가지, 줄기, 부스러기를 가려낸다.

채취한 찻잎에서 불순물과 불량 찻잎을 선별해내는 모습

한국 다도 고전 茶神傳

柀(피) 枝(가지 지)의 오자로 보인다. 나뭇가지.

梗(편) 줄기 편.

碎(쇄) 부술 쇄.

屑(설) 가루 설.

해 설

찻잎을 채취하면서 함께 채취하기 쉬운 노엽이나 가지, 부스러기 따위는 골라내고 차를 만들어야 한다.

鍋廣二尺四寸 將茶一斤半 焙之

과 광 이 척 사 촌 장 다 일 근 반 배 지

지름 2척 4촌의 가마솥에 찻잎 한 근 반을 가져다 넣고 덖는다.

글자풀이

鍋(과) 노구솥. 가마솥.

廣(광) 둥근 솥의 지름.

二尺四寸(2척4촌) 1척(자)은 30cm, 10촌(치)=1척이므로 2척 4촌은 72cm.

將(장) 장수 장. 여기서는 '가지다, 취하다'의 의미.

將茶(장다) 찻잎을 취하여. 찻잎을 가져다가.

一斤半(일근반) 1근을 600g으로 계산하면 900g. 중국의 경우 1근이 500g이므로 이 경우 750g.

焙(배) 불에 쬘 배. 여기서는 솥에 '덖는다'는 의미.

해설

덖음솥의 크기와 한 번에 덖는 찻잎의 양을 설명하고 있다. 2척 4촌이 오늘날의 도량형으로 72cm 정도인 것은 분명하나, 한 근 반이 몇 그램인지는 중국과 조선의 기준이 다르고 시대에 따라서도 달라졌기 때문에 분명치 않다.

"'살청(殺靑)'의 '청'은
산화효소 폴리페놀 옥시데이스"

1 덖음용 솥의 조건

아래 사진은 하동군 화개면 용강리 보리암다원의 차 덖는 가마솥으로, 좌측 솥은 깊이
(17cm)가 얕아 살청(殺靑)을 할 때 찻잎의 수분과 유기산을 빨리 증발시킬 수 있고, 우측
솥은 깊이(32cm)가 깊어 마지막 단계에서 가향(加香) 처리를 할 때 향기를 잘 보존할 수
있다. 둘 다 뚜껑이 없는 것이 특징이다.

2 노구솥과 가마솥

이 구절에 등장하는 鍋(과)를 '노구솥'으로 옮기는 경우가 많은데, 노구솥은 놋쇠나 구리로 만든 왜솥을 말한다. 우리 전통 가마솥은 무쇠로 만든다. 무쇠 가마솥은 부엌 등에 설치해두고 사용하고, 노구솥은 이동이 간편하다는 특징이 있다.

가마솥은 한자로 '釜(부)'이며, 발이 없는 것이 특징이다. '鼎(솥 정)'으로 표기되는 솥은 흔히 발이 셋 달리고 귀가 둘 달린 솥이자 제사용 음식을 익히거나 담는 용도의 의식용 솥이다. 솥 중에는 '鍑(복)'도 있는데, 입구가 오므라진 솥이다.

일반적인 가마솥

의식용 솥(경주국립박물관)

입구가 오므라진 복(鍑)

3 산화효소 폴리페놀 옥시데이스

찻잎은 차나무에서 떨어져나오는 순간부터 즉시 산화(酸化)되기 시작하는데, 이는 찻잎 속에 들어 있는 산화효소(酸化酵素) 폴리페놀 옥시데이스(polyphenol oxidase)의 작용 때문이다. 폴리페놀 옥시데이스는 폴리페놀화합물을 산화시켜 갈변을 일으키는 효소이며, 산소와 만나면 활성화되어 작용을 시작한다. 과일이나 채소의 껍질을 벗기거나 잘라서 공기 중에 방치하면 갈변이 일어나는 것도 이 효소의 작용에 의한 산화의 결과이다. 바나나, 복숭아, 사과, 감자, 버섯 등과 같은 과일이나 채소의 조직에는 폴리페놀 옥시데이스 및 기질인 카테킨, 카테콜, 클로로겐산, 티로신 등과 같은 폴리페놀화합물이 널리 존재한다.

폴리페놀 옥시데이스는 폴리페놀화합물이 공기 중의 산소와 반응하여 퀴논으로 산화되는 반응을 촉매하며, 퀴논은 자발적으로 중합반응을 거쳐 갈색 색소인 멜라닌을 형성한다. 폴리페놀 옥시데이스에 의한 갈변은 과일과 채소의 품질을 저하시키는 주원인이므로 다양한 방법으로 반응을 억제시키지만, 우롱차와 홍차를 제조할 때는 의도적으로 이 반응을 일으킨다.

4 덖기와 볶기

찻잎의 녹색을 유지하기 위해서는 산화를 막아야 하고, 그러려면 우선 산화효소인 폴리페놀 옥시데이시의 활성화를 막아야 한다. 식품의 가공에서 이를 위한 방법은 크게 세 가지다.

첫째가 '덖기'로, 가마솥에 찻잎을 넣고 덖는 것이 대표적이다. 이렇게 솥에 넣고 덖어서 만드는 차를 덖음차, 혹은 부초차(釜炒茶)라고 한다. 산차(散茶) 형태의 녹차 등을 만들 때 주로 이용하는 방법이다. 중국에서는 이 덖는 과정을 살청(殺靑)이라고 하는데, '청색을 죽인다'는 말이며, 이때의 청이란 사실 폴리페놀 옥시데이스다.

가마솥에 찻잎을 덖는 모습

둘째는 '찌기'로, 뜨거운 수증기로 찻잎을 찌는 방식이다. 이렇게 만드는 차를 증제차(蒸製茶)라 한다. 산차(散茶)를 만들 때도 활용하며, 떡차는 대부분 이 방식으로 만든다.

셋째는 '데치기'로, 끓는 물에 찻잎 등을 데치는 방식이다. 시금치의 녹색을 유지하면서 요리하고자 할 때는 끓는 물에 소금을 넣고 재빨리 데친다. 맹물은 100도에서 끓지만 소금을 넣으면 100도가 넘어야 끓는다. 물의 온도를 최대한 높이기 위하여 소금을 넣는 것이다.

이상의 방법 중 '덖기'와 유사한 조리법으로 '볶기'가 있다. 덖기는 수분이 있는 것을 솥에서 수분을 날리며 익히는 것으로, 찻잎, 뽕잎, 도라지, 꽃잎, 우엉 등을 덖을 수 있다. 반면에 볶기는 수분이 거의 없거나 적은 것을 익히는 방법이다. 참깨, 들깨, 콩, 감자, 양파 등은 볶아서 요리한다.

候鍋極熱 始下茶急炒 火不可緩

후 과 극 열　시 하 차 급 초　화 불 가 완

솥 온도가 매우 뜨거워졌는지 살펴서 비로소 찻잎을 넣고 빨리 덖는
다. 불의 온도를 낮추어서는 안 된다.

찻잎은 보통 300~350℃ 이상에서 덖는다.

候(후) 살필 후.

極熱(극열) 매우 뜨거움.

炒(초) 볶을 초. 여기서는 찻잎을 덖음의 의미.

緩(완) 늦출 완. 여기서는 극열해진 불의 온도를 줄이는 것으로, 이는 불가(不可)하다고 한다.

해설

찻잎 색소의 변색을 막기 위해서는 가마솥 온도를 높게 해서 단시간에 덖어야 한다. 이 살청의 과정을 통해 찻잎의 수분을 증발시키고, 클로로필라아제에 의해 마그네슘이 유리(遊離)되면서 페오포바이드로 되어 녹색을 잃는 것을 방지하며, 산화효소 폴리페놀 옥시데이스(Polyphenol oxidase)의 활성을 중단시키고, 휘발성 산(酸)도 신속히 증발시킬 수 있다.

이때(첫 번째 덖을 때) 중간에 온도를 절대로 낮추어서는 안 되며, 클로로필과 산(酸)의 접촉시간을 얼마나 짧게 하느냐가 차의 색향미를 결정한다.

待熱 方退火 徹入篩中 輕團枷數遍

대 열 방 퇴 화 철 입 사 중 경 단 가 수 편

익기를 기다려 곧 불을 물린다. (찻잎을) 체 안에 거두어들이고, 가볍
게 뭉쳤다가 비비기를 여러 번 한다.

멍석 위에서 손으로 비빈다.

熱(열) 熱(익을 숙)의 오자.

方(방) 모 방. 여기서는 '바야흐로', '곧'의 의미.

徹(철) 통할 철. 여기서는 '거두다'의 의미. 徹入(철입)은 '거두어 들인다'는 말.

筬(사) 체 사. 篩와 동자. 솥 안의 덖인 찻잎을 담아 꺼내는 도구.

輕團(경단) 團(둥글 단, 덩어리 단)은 둥글게 뭉친다는 말이다. 앞에 경(輕)이 붙었으니 輕團(경단)은 '가볍게 덩어리 형태로 뭉치게 한다'는 뜻이다. 찻잎을 비비는 동작 중의 하나.

枷(도리깨 가) 挪(옮길 나, 비빌 나)의 오자. 뭉쳐진 덩어리를 풀어 바닥에 대고 비비는 동작.

數遍(수편) 여러 번.

해설

찻잎을 뜨거워진 솥에서 덖은 뒤 유념하는 공정에 대한 설명이다. 찻잎이 충분히 덖어지면 우선 솥의 온도를 낮추고, 체에 담아 꺼낸다. 이어 뭉치고 비비는 동작을 반복해서 해주는데, 이를 유념(揉捻)이라 한다. 유념은 찻잎의 세포 조직을 적당히 파괴하여 성분이 잘 우러나게 하고 형상을 유지시키기 위한 과정이다. 찻잎이 덩어리가 되면 골고루 잘 털면서 다시 비비는데, 이를 통해 갈색으로 변하는 클로로필라아제 효소와 산화효소인 폴리페놀 옥시데이스가 완전히 불활성화되고, 유기산과 수분이 거의 다 증발하게 된다.

復下鍋中 漸漸減火 焙乾爲度
부 하 과 중 점 점 감 화 배 건 위 도

다시 솥 안에 넣고 점점 불을 줄여 법도에 맞게 건조시킨다.

해 설

건조의 과정을 설명하고 있다. 불을 약하게 하여 서서히 건조시키는 것이 법도(法度)라는 말이자, 그렇게 건조하라는 가르침이다.

낮은 온도에서 서서히 건조시킨다.

불 조절이 잘 된 가마솥에서 색과 향이 피어나야 좋은 차 맛이 나온다.

글자풀이

玄微(현미) 심오하고 정밀함. 혹은 깊고 오묘함.

顯(현) 나타날 현. 여기서는 '드러내다, 표현하다'의 뜻.

해 설

제다의 과정을 설명하고 나서, '그 안에 현미(玄微)함이 있는데, 이는 말로 표현하기 어렵다'고 하였다. 제다 과정에 들어 있는 '현미함'이 무엇을 말하는지가 문제가 되는데, 대체로 두 가지 의미로 볼 수 있다.

첫째, 차의 변화 과정이 현미하다는 해석이다. 그저 녹색의 풀잎과 같던 찻잎이 제다의 과정을 통해 색향미를 지닌 차로 변화되는 그 과정에 깊고 오묘한 무언가가 있다는 말인데, 이는 말로 표현하기 어렵다고 했다. 이때의 현미함을 굳이 현대의 과학적 언어를 빌려 표현해보면, 가마솥 온도를 줄여 가며 갈색으로 변하는 클로로필라아제의 효소와 산화효소(酸化酵素)인 폴리페놀옥시데이스(Polyphenol oxidase)와 유기산과 수분(찻잎의 75~78%)을 증발시키는 가운데 찻잎의 색(色)이 유지되면서 향(香)이 피어나는 것이라고 할 수 있겠다. 당연히 이런 변화는 말로 표현하기가 어렵다.

둘째, 제다 과정에 들어가는 사람의 기술과 정성이 현미해야 한다는 해석도 가능하다. 불 조절, 덖음, 유념의 방법을 앞에서 대략적으로 설명했는데, 이런 대략적인 내용만으로는 부족하고, 실제로는 매우 고난도의 기술과 정성이 있어야 차가 만들어진다는 의미다. 그런데 그런 기술과 정성은 실제로 수많은 경험을 통해서만 축적될 수 있으므로 말로 표현하기 어렵다.

火候均停 色香美 玄微未究 神味俱妙
화 후 균 정 색 향 미 현 미 미 구 신 미 구 묘

불기운이 고르면 색과 향이 아름답다. 심오하고 정밀함을 다하지 못
하면 다신과 맛 모두 사라진다.

火候(화후) 候(후)를 '살피다'의 뜻으로 보면 火候(화후)는 '불 살핌'이 된다. 候(후)는 '상태'를 뜻하기도 하며, 이 경우 火候(화후)는 '불의 상태'가 된다.

均停(균정) 均(균)은 고르고 평평하며 조화를 이룬 상태를 말하고, 停(정)은 일정하다는 말이다. 그러므로 均停(균정)은 '고르고 일정함'의 의미가 된다.

玄微未究(현미미구) 현미(玄微)는 앞 구절과 마찬가지로 두 가지 의미로 볼 수 있다. 우선 제다인의 깊고 정밀한 기술의 의미이고, 다른 하나는 찻잎이 빚어내는 오묘하고 깊은 변화이다. 구(究)는 궁극의 경지에 이르도록 연마함을 말하므로 미구(未究)는 궁극의 경지에 이르지 못했다는 말이다. 따라서 '현미미구(玄微未究)'는 우선 제다인의 기술과 정성이 궁극의 경지에 이르지 못했다는 의미로 받아들일 수 있다. 그런데 이는 결국 제다 과정에서 차가 나타내야 할 깊고 오묘한 변화가 궁극적으로 달성되지 못했다는 의미도 된다.

神(신) 『다신전』이 최고의 지향점으로 삼은 다신(茶神)을 말하며, 다신의 구체적인 의미에 대해서는 뒤에서 상술한다.

妙(묘) 『다신전』의 원전에 해당하는 『다록』에는 '疲(지칠 피)'로 되어 있다. 妙(묘할 묘)로는 문맥이 통하지 않으므로 疲(피)의 오자로 본다. 疲(피)는 지치고 피곤해서 사라진다는 말이다.

🫖 해 설

제다에서 가장 중요한 부분은 불 조절임을 강조하고 있다. 또 제다인의 기술과 경험이 궁극의 경지에 이르러야 다신과 맛이 제대로 발현될 수 있다고 강조하였다.

3

辨茶

변다

차의 구별

茶之妙在乎始造之精藏之得法泡之得宜優
劣宜乎始鍋清濁係水火火烈香清鍋乘神倦
火猛生焦柴疎失翠久延則過熟早起邵边生
熟則犯黃生則著黑順那則甘逆那則澁帶白
點者無妨絕焦者最勝

辨茶

茶之妙在乎 始造之精 藏之得法 泡之得宜
차 지 묘 재 호 시 조 지 정 장 지 득 법 포 지 득 의

차의 오묘함은 처음 만들 때의 정밀함, 보관에서의 원칙과 우림에서
의 마땅함을 얻는 데 있다.

글자풀이

在乎(재호) ~에 있다.

造之精(조지정) 조(造)의 정(精). 精(정)은 정밀(精密)함, 혹은 정성(精誠). 제다 단계에서 정성을 다하여 정밀하게 만든 차라야 차의 오묘함을 얻을 수 있다는 의미다.

藏(장) 보관.

藏之得法(장지득법) 장(藏, 보관)에서의[之] 득법(得法). 이때의 법(法)이란 단순한 방법(方法)일 수도 있고 보다 고차원적인 '룰(rule, 원칙)'일 수도 있다. 차 보관법의 첫 번째 룰은 건조하게 보관하는 것이다.

泡(포) (차를) 우림.

泡之得宜(포지득의) 포(泡, 우림)에서의[之] 득의(得宜). 이때의 의(宜, 마땅함)란 당연히 지켜야 하는 원칙이다. 포법(泡法)에서의 마땅함을 얻는다는 말은 당연히 지켜야 할 원칙들을 잘 지켜야 한다는 의미다. 포법의 첫 번째 원칙은 청결함이다.

해설

여기 '변다(辨茶)' 편에서는 대체로 차의 우열(愚劣)을 가리는 기준과, 그런 우열이 생기는 원인에 대해 설명하고 있다. 먼저 좋은 차에는 '오묘함'이 있다 하고, 그 '오묘함'이 어디서 나오는 것인지를 설명했다. 이에 따르면, 차의 만들기에서 마시기에 이르는 다양한 과정들 가운데 특히 세 가지가 중요하다고 한다. '조(造), 장(藏), 포(泡)'가 그것이다.

조(造, 제다)에서는 '정(精)'이 핵심인데, 정(精)은 정성 혹은 정밀함을 뜻한다. 우선 정성을 들여 정밀하게 만든 차라야 오묘함이 생기고, 그런 차라야 다신(茶神)을 만날 수 있다는 말이다.

장(藏)에서는 법(法)을 얻어야 하고, 포(泡)에서는 의(宜)를 얻어야 한다고 했는데, 장법(藏法)과 포의(泡宜)의 구체적인 내용에 대해서는 별도의 장(4장과 8장)에서 따로 설명하고, 여기 3장에서는 주로 '조(造)'의 문제를 다루고 있다. 차를 만들 때 얼마나 정밀하게, 얼마나 정성스럽게 만들어야 하는지 설명하는 내용이 이어진다.

優劣宜乎始鍋 淸濁係水火 火烈香淸

우 열 의 호 시 과 청 탁 계 수 화 화 열 향 청

鍋乘神倦

과 승 신 권

우열은 마땅히 처음 솥에 있고, 청탁은 마지막 불에 달려 있다. 불이
세면 향이 맑고 솥이 차면 다신이 약해진다.

한국 다도 고전 茶神傳

宜(의) '마땅하다'는 의미인데, 문맥이 매끄럽지 않다. 『다신전』의 원전에 해당하는 『다록』에는 '定(정할 정)'으로 되어 있어서 문맥이 잘 이어진다. 이 경우 '우열정(定)호시과'는 '(차의) 우열은 첫 솥에서 결정된다'는 말이다.

優劣宜乎始鍋(우열의호시과) (차의) 우열은 첫 솥에 있다. 찻잎을 처음 뜨거운 솥에 넣고 덖을 때 이미 차의 우열이 결정된다는 말이다.

水(수) 『만보전서』와 『다록』에 모두 '末(끝 말)'로 되어 있다.

淸濁係末火(청탁계말화) (차탕의) 청탁(淸濁)은 말화(末火)에 달려 있다. 말화는 앞서 덖고 비빈 찻잎을 건조시키는 과정에서의 불을 말한다. 건조할 때의 불 조절에 따라 차탕의 맑음과 흐림이 정해진다는 뜻.

乘(승) 타다, 오르다의 의미인데, 이렇게 해석하면 문맥이 연결되지 않는다. 『만보전서』와 『다록』에 모두 '寒(찰 한)'으로 되어 있으므로 '寒(한)'의 오자로 본다.

倦(권) 일반적으로 '게으르다, 피로하다'의 의미이며 '약해지다'의 뜻도 있다. 여기서는 '약해지다'의 의미를 취했다.

鍋寒神倦(과한신권) 솥이 차면 다신이 약해진다.

🫖 해 설

완성된 차의 우열(優劣)은 첫 솥에서 결정된다고 했다. 또 차를 우려낸 차탕의 청탁(淸濁)은 건조할 때의 온도에 달려 있다고 했다. 그러면서 솥의 온도가 뜨거워야지 차가워지면 안 된다는 말을 거듭 강조했다.

火猛生焦 柴疎失翠 久延則過熟 早起郤辺生
화 맹 생 초 시 소 실 취 구 연 즉 과 숙 조 기 극 변 생

불이 (너무) 맹렬하면 생으로 타버리고, 땔감이 약하면 비취색을 잃는
다. 오래 끌면 곧 지나치게 익고, 일찍 꺼내면 도로 날것으로 돌아간다.

猛(맹) 사납다는 뜻이며, 여기서는 불기운이 지나치게 센 것을 말한다.

生(생) 가공되기 이전의 날것을 의미하니, 여기서는 익지 않은 생 찻잎의 의미다.

焦(탈 초) 찻잎이 익기 전에 타버리는 현상을 말한다.

柴(섶 시) 섶은 잎나무나 풋나무 따위의 땔감을 말한다. 제대로 말리지 않은 땔감이고 화력이 약하며 타는 동안 진액이 나온다. 고온의 화력이 필요한 도자기 가마[窯] 등에서는 이런 땔감을 쓰지 않고 몇 년 동안 잘 말린 장작을 쓴다. 차 덖을 때도 고온이 필요하며, 섶나무를 써서는 안 된다. 이처럼 땔감으로는 별로지만, 섶나무가 요긴하게 쓰이는 경우도 있다. 임시 다리인 섶다리가 그것이다.

疎(소) 본래 '트이다'의 의미로 널리 쓰인다. 여기서는 '적다, 약하다, 모자라다'의 의미이다.

풋나무로 만든 섶다리(강원도 홍천)

久延(구연) 오래 끌다. 여기서는 찻잎을 뜨거운 솥에서 재빨리 덖어내지 않고 시간을 길게 끌며 천천히 덖는 것을 말한다.

起(기) '일어나다, 일으키다'의 의미이다. 여기서는 솥 안의 찻잎을 밖으로 꺼내는 동작을 의미한다.

郤(사이 극) 却(물리칠 각)의 오자. 却(각)에는 '도리어, 다시, 도로'의 뜻도 있다. 여기서도 '다시, 도로'의 뜻으로 본다.

辺(변) 邊(가장자리 변)의 약자인데, 『다록』이나 『만보전서』에는 還(돌아올 환)으로 되어 있다.

還生(환생) 날것으로 돌아옴. 찻잎이 익지 않은 생것 상태로 돌아간다는 말이다.

早起却還生(조기각환생) (너무) 일찍 꺼내면 도로 날것으로 돌아간다.

🫖 해 설

앞에서 첫 솥의 온도가 매우 중요하다고 했는데, 이 구절은 그 부연설명이다. 온도가 너무 높으면 당연히 찻잎이 익기도 전에 타버린다. 그렇다고 섶나무 따위 화력이 안 좋은 나무를 쓰거나 땔감을 적게 때서 불이 약하면 차가 비취색을 잃고 만다. 이렇게 낮은 온도에서 덖을 때 차가 비취색을 잃는 이유는 산화효소의 활성이 정지되지 않아 산화 반응이 계속 일어나기 때문이다. 이때 엽록소가 단백질과 유리되고 유기산과 반응하게 되어 차는 그 본연의 색을 잃어버리고 갈색으로 변한다. '시소실취'의 네 글자는 '온도가 낮으면 산화효소의 활성이 정지되지 않아 엽록소가 파괴되고 차의 색이 변질된다'는 말과 같다.

솥의 온도 못지않게 어려운 것이 덖는 시간의 문제인데, 너무 오래 덖으면 지나치게 익고, 너무 일찍 꺼내면 익기 전에 도로 날것으로 돌아간다고 했다.

불의 온도와 덖는 시간에 대한 이 구절을 통해 제다가 얼마나 정밀한 작업이며 정성을 필요로 하는 일인지 충분히 이해할 수 있다.

한국 다도 고전 茶神傳

熟則犯黃 生則著黑 順那則甘 逆那則澁
숙 즉 범 황 생 즉 착 흑 순 나 즉 감 역 나 즉 일

(너무) 익으면 누렇게 변하고, 날것이면 검은빛을 띤다. 제대로 비비면
곧 달고, 잘못 비비면 곧 떫다.

熟(숙), 生(생) 앞의 구절에서 덖음을 설명할 때, 너무 오래 끌면 과숙(過熟)
이 되고, 너무 일찍 꺼내면 생(生)것이 된다고 했는데, 과숙된 찻잎과 익지 않
은 날것 찻잎이 어떤 문제를 일으키는지 설명하는 구절이다. 그러므로 여기
서의 熟(익을 숙)은 '지나치게 익음'의 뜻이고, 生(날 생)은 익지 않은 '날 것'의
뜻이다.

犯黃(범황) 황색을 범한다는 말이니, 너무 익은 나머지 타버린 색깔을 말한
것이다.

著(착) 흔히 '나타날 저'로 읽는 글자인데, '붙을 착'으로도 읽는다. 着(붙을 착)
과 동자. 『다신전』의 다른 이본들과 『만보전서』에 모두 '着'으로 되어 있다. 같
은 글자이므로 오기가 아니며 著(착)과 着(착) 모두 옳다.

著黑(착흑) 흑색에 붙는다는 말이니, 찻잎이 흑색으로 변한다는 말이다. 제
대로 익히지 않은 생 찻잎이 이렇게 된다는 것이니, 산화효소의 활성화가 정
지되지 못하여 계속 산화(酸化)가 일어남을 말한다.

那(어찌 나) 이때의 '那(나)'는 비빈다는 의미의 '挪(나)'로 본다. 앞서 제2장 '조
다(造茶)'편에 '경단나수편(輕團挪數遍)'의 구절이 있었다.

順那(순나), 逆那(역나) 찻잎을 제대로 비비는 것을 순나(順那), 잘못 비비는
것을 역나(逆那)라고 표현했다.

溢(넘칠 일) 澁(떫을 삽)의 오자.

찻잎이 너무 익으면 타서 황색이 되고, 덜 익으면 탄닌의 산화효소(酸化酵素)
인 폴리페놀 옥시데이스(Polyphenol oxidase)가 공기와 만나 흑색이 된다. 잘 비
벼지면 단맛이 나고, 잘못 비벼지면 차 맛이 떫다고 했는데, 찻잎이 유념 과
정에서 적절히 파괴되어야 올바른 차 맛이 나온다는 말이다.

帶白點者無妨 絶焦者最勝
대 백 점 자 무 방   절 초 자 최 승

흰 점을 두른 것은 무방하고, 타지 않은 것이 가장 좋다.

글자풀이

無妨(무방) 방해됨이 없다, 해롭지 않다, 괜찮다.

絶焦(절초) 탄 것이 없음, 타지 않음.

해 설

완성된 찻잎의 분별 기준을 제시하고 있다. 백색의 점은 괜찮지만 탄 흔적은 없어야 좋은 차라고 하였다.

흰 점도 없고 타지도 않은 차

4

藏茶

장다

차 보관

藏茶

造茶始乾先盛舊盒中、外以紙封口、過三日後、
其性復二以微火焙極乾待冷貯壇中輕二築、
實以箬襯緊將花筍箬及紙數重封緊壇口上、
以火煨磚冷定壓之、置茶育中切勿臨風近火、
臨風易冷近火先黃、

造茶始乾 先盛舊盒中 外以紙封口
조 다 시 건 선 성 구 합 중 외 이 지 봉 구

차를 만들어 처음 건조할 때는 우선 오래된 합(盒)에 담아 밖에서 입구를 종이로 봉한다.

글자풀이

盛(성) 담을 성. 담다, 채우다.
舊盒(구합) 이전부터 사용하던 오래된 합.

해 설

이 장에서는 차의 보관법을 설명한다. 완성된 차를 우선 사용하던 합에 담고 그 입구는 바깥쪽에서 종이로 봉한다고 하였다. 전부터 사용하던 합에 담으라는 것은, 새 합에는 잡스런 냄새가 있을 수 있기 때문이다. 종이로 입구를 봉하는 것은, 우선 공기가 통하는 상태에서 차의 건조를 완성시키기 위함이다. 이 상태로 오래 보관하는 것이 아니다.

過三日 俟其性復 復以微火 焙極乾
과 삼 일 사 기 성 복 부 이 미 화 배 극 건

3일 지나 차의 성품이 회복되면, 다시 약한 불로 완전히 말린다.

 글자풀이

俟(사) 기다릴 사.

復 돌아올 복, 다시 부.

해 설

합 안에 넣고 종이로 봉하여 보관하던 차는 3일 정도가 지나면 열기가 다 식고 안정을 되찾게 된다. 이렇게 차의 성미가 복원되면 약한 불에서 다시 완전히 마를 때까지 건조를 시킨다. 이때의 약한 불이란 솥의 온도가 대략 80~120℃ 정도인 상태를 말한다.

待冷貯罌中 輕輕築實 以箬襯緊
대 냉 저 담 중 경 경 축 실 이 약 친 긴

식기를 기다려서 항아리 안에 담되, 가볍게 쌓아 채우고 대껍질로 속옷처럼 덮는다.

글자풀이

罌 술병 담. 술 단지 담. 여기서는 차 담는 항아리.

輕輕(경경) 가볍게 가볍게. 항아리에 차를 담을 때 꾹꾹 눌러 담지 않음을 말한 것이다.

築實(축실) 쌓아서 채움.

箬 대 껍질 약.

襯 속옷 친.

緊 굳게 얽을 긴.

襯緊(친긴) 속옷처럼 살포시 덮어준다는 말이다. 항아리의 입구를 완전히 밀봉하기 전, 항아리 안쪽의 차 위에 차가 눌리지 않을 정도로, 속옷을 입히는 것처럼 죽순 껍질로 살짝 덮어준다는 의미다.

해설

솥에서 최종적으로 건조시킨 차는 식기를 기다려서 항아리에 담는다. 바짝 마른 차이므로 꾹꾹 눌러 담으면 안 된다. 항아리를 채우고 죽순 껍질로 우선 살짝 덮어준다. 이어서 항아리 외부를 봉해야 한다.

한국 다도 고전 茶神傳

將花筍箬及紙 數重 封緊壜口
장 화 순 약 급 지 수 중 봉 긴 담 구

또 죽순 껍질과 종이를 몇 겹으로 싸서 항아리 입구를 단단히 봉한다.

글자풀이

將(장) 장차. 여기서는 '그리고, 또'의 의미.

花筍(화순) 죽순.

箬 대 껍질 약.

數重(수중) 여러 번 중복하여.

해설

차 항아리의 입구는 죽순 껍질과 종이를 여러 겹 써서 단단히 봉한다. 그래야 공기와의 접촉을 줄이고 지나친 냉기와 열기를 막을 수 있으며, 특히 습기의 침범을 막을 수 있다.

上以火煨磚 冷定壓之 置茶育中
상 이 화 외 전 냉 정 압 지 치 다 육 중

구운 벽돌을 올리되 식혀서 눌러두고, 다육(茶育) 안에 둔다.

글자풀이

煨 불씨 외. 구울 외.

火煨磚(화외전) 불로 구운 벽돌.

定壓(정압) 눌러서 고정시킴.

해설

잘 밀봉한 뒤 구운 벽돌을 식혀 눌러둔다. 이렇게 밀봉하고 단단하게 덮개까지 씌운 차 항아리는 다육(茶育) 안에 둔다. 여기 나오는 다육(茶育)은 일종의 차 보관 전용 상자다. 『다경』에 소개되어 있으며, 필요한 경우 숯불 등을 넣어 차의 습기를 막을 수 있게 되어 있다. 그 이름에 '육(育)'이 들어간 것은 단순한 보관이 아니라 차를 양육(養育)하는 상자라는 의미다.

切勿臨風近火 臨風易冷 近火先黃
절 물 임 풍 근 화　임 풍 이 냉　근 화 선 황

절대로 바람을 쐬거나 불을 가까이하면 안 된다. 바람을 맞으면 쉽
게 냉해지고, 불을 가까이하면 먼저 황색으로 변해버린다.

글자풀이

切(끊을 절) 여기서는 '절대로'의 의미.

臨風近火(임풍근화) 바람을 쐬고 불을 가까이함.

易 쉬울 이.

해설

차 보관에서 냉기와 열기를 막는 것이 중요함을 강조하고 있다. 찬바람을 맞
으면 차가 냉해지고, 열기에 노출되면 추가로 산화가 진행되어 색이 누렇게
변한다.

"차가 변질되는 이유들"

1 차 성분의 산화와 갈변

대체로 차는 봄에 만들어서 1년 이상 보관하면서 마시게 되는데, 잘못 보관할 경우 여러 성분의 변질이 일어나게 된다.

첫째, 엽록소의 산화(酸化)다. 봄에 만든 차는 6~7월 장마와 8월의 삼복더위를 지나는 동안 갈색으로 변하곤 하는데, 이는 수용성 색소인 클로로필이 단백질과 결합한 상태로 안정되어 있다가, 열로 인해 그 결합이 끊어지고, 조직 중의 산과 반응하면서 마그네슘이 유리(遊離)되기 때문이다.

둘째, 카테킨도 산화한다. 차의 기능성을 대표하고, 떫은맛과 색에 큰 영양을 주는 카테킨은 무색의 화합물이지만, 습도가 높은 곳에 장기간 보관하거나 대기 중의 산소에 노출되면 자동산화되어 갈색(褐色)에서 적색(赤色), 흑색(黑色)으로 점차 변한다.

셋째, 비타민 C의 산화이다. 차가 산소를 접하거나 습도가 높은 곳에 보관하면 비타민 C의 산화로 갈변의 원인이 된다.

다양하게 포장된 차

한국 다도 고전 茶神傳

2 차 변질의 주요 원인

보관 중인 차가 변질되는 주요 원인은 크게 5가지다.

첫째는 수분이다. 차를 처음 완성할 때는 수분 함량이 3% 정도로 안전하지만, 개봉 후 높은 습도를 접하면 성분의 용해가 일어나 반응이 가속화된다. 습기를 차단할 수 있는 밀폐용기를 사용하거나 습도가 낮은 곳에 보관한다.

둘째는 고온이다. 여름철의 찜통더위는 차의 변질을 가져오는 가장 큰 요인이다. 고온은, 찻잎을 덖거나. 증기로 찌는 과정에서 일차적으로 조직의 결합이 끊어져 유리(遊離)된 마그네슘(Mg)의 변질을 가속화 하고, 비타민C의 손실과 다른 산화 반응도 촉진한다,

셋째는 산소이다. 공기는 질소 78% 정도와 산소 21% 정도로 구성되어 있는데, 공기 중의 이 산소가 차의 변질을 유도한다. 차가 공기(산소)와 접하면 폴리페놀 옥시데이스 (Polyphenol oxidase) 산화효소에 의해 산화물을 생성시켜 변질을 일으킨다. 장기 보관 시에는 질소 충전이나 진공 포장, 탈산제 첨가로 산화를 억제할 수 있다.

넷째는 햇빛이다. 차가 햇빛에 노출되면 지질(脂質)의 자동산화에 의하여 즉시 화학적

고무 패킹이 있는 밀폐용 도자기 차통

진공 포장된 대만 오룡차

인 성분변화가 일어나 향기를 잃게 된다. 차 보관 용기는 햇빛이 투과하지 못하도록 알루미늄박이나 종이 캔, 혹은 도자기나 옹기를 사용해야 한다.

다섯째는 냄새다. 차는 다른 냄새에 잘 점염(漸染)되는 특징이 있으며, 한 번이라도 냄새가 점염(漸染)되면 차 향기가 사라진다.

일반적으로 차(茶)의 품질을 보존하기 위해 차통 내부에는 온도, 습도, 산소, 햇빛, 냄새 등을 차단하도록 폴리에틸린을 사용하고 있다. 또 외부는 종이나 캔, 도자기 소재를 사용하며, 질소 충전과 진공 포장으로 향(香), 색(色), 맛의 변질을 막고 있다. 개봉한 차는 가능한 햇빛이 투과되지 않는 밀폐 용기에 담아야 산소, 습도, 냄새 등의 환경으로부터 보호할 수 있다. 하지만 환경이 아무리 좋더라도 너무 오래 두면 품질이 저하될 수 있다.

5

火候
화 후

불 살피기

火候 情味

烹茶旨要火候爲先爐火通紅茶瓢始上扇起
要輕疾待有聲稍稍重疾斯文武之候也過於
文則水性柔柔則爲茶降過於武則火性烈烈
則茶爲水制皆不足於中和非烹家要旨也

烹茶旨要 火候爲先
팽 다 지 요 화 후 위 선

차 달이기의 요지(要旨)는 불 살피기가 우선이 된다.

烹(삶을 팽) 대개 잎차 우리기는 팽다(烹茶) 혹은 자다(煮茶)라 하고, 가루차는
점다(點茶)라 하며, 떡차는 전다(煎茶)라 한다. 그러나 더러 혼용되기도 한다.
候(후) 살피다.

해 설

차 달이기, 특히 잎차를 우리기 위한 물 끓이기에서의 불 조절에 대해 설명
하는 장이다. 먼저 불 조절이 팽다에서 핵심이 된다고 선언하였다.

숯불이 제대로 피워지면 500~600℃ 정도가 된다.

通紅(통홍) 온통 붉어짐. 숯이 온전치 못한 상태에서 불을 피우면 연기가 나게 된다. 연기 나는 숯으로 물을 끓이면 물맛도 버리게 된다. 숯불이 온통 불 거졌다는 것은 이런 연기 나는 상태를 완전히 지났다는 말과 같다. 그 이후에 주전자를 올려야 한다.

瓢(표) 표주박, 구기. 여기서는 물 끓이는 주전자의 의미.

起(기) 일으키다, 시작하다.

扇起(선기) 부채로 (바람을) 일으키다, 부채질을 하다.

要(요) 요구하다.

輕(경) 가볍다.

疾(질) 병 질. 무언가를 끝까지 진력(盡力)하는 것을 말한다. 부채질을 중단하지 않음의 의미.

扇起要輕疾(선기요경질) 부채질을 가볍게 지속할 것을 요한다.

해설

숯불이 활활 피고 연기가 나지 않을 때 돌 주전자를 올린다. 이어 부채질을 가볍게 지속하여 불이 계속 타도록 한다. 불꽃이 크게 일지 않을 정도로, 상대적으로 약하게 타는 이런 불을 문화(文火)라고 한다.

"돌솥이 좋은 이유"

1 돌솥과 원적외선의 효과

예부터 물 끓이는 그릇의 재질은 매우 다양했는데, 선인들의 차시 등을 보면 가장 많이 나오는 그릇이 바로 석정(石鼎), 즉 돌로 만든 솥이다. 이 돌솥에서 물 끓는 소리를 감성적으로 읊은 시들이 적지 않다. 그렇다면 돌솥은 어떤 특징과 장점이 있을까?

한 번 끓인 물이 쉽게 식지 않는다는 보온성 외에, 곱돌 등으로 솥을 만들면 원적외선

이 방출되어 다양한 효과를 낸다. 적외선은 가시광선의 빨강 바깥에 있는 광선이란 뜻으로, 빨간빛보다 파장이 긴 전자기파를 말한다. 이러한 적외선 중에서 가시광선에서 가장 멀리 떨어진, 즉 파장이 좀 더 긴 것을 원적외선(遠赤外線)이라고 한다. 가시광선보다 파장이 길어서 눈에 보이지 않으나 열작

곱돌 솥에 익힌 계란

용이 크고 침투력도 강하다. 또 유기화합물 분자에 대한 공진(共振) 및 공명(共鳴) 작용이 강하다. 원적외선의 열작용은 각종 질병의 원인이 되는 세균을 없애는 데 도움이 되고, 모세혈관을 확장시켜 혈액순환과 세포조직 생성에 도움을 준다고 한다. 그래서 각종 건강용품 등에 두루 사용된다.

돌솥에서 원적외선이 방출되는 것은 달걀을 삶아보는 실험으로 확인할 수 있다. 돌솥에 물을 끓여 돌솥 자체의 온도를 높인 후, 물을 따라버리고 그 안에 달걀을 넣고 뚜껑을 덮어두면 노른자만 익고 흰자는 익지 않는 상태가 된다. 하지만 보통의 경우에는 흰자가 먼저 익고 노른자가 나중에 익는다. 흰자는 62~65℃, 노른자는 65~70℃에서 익기 때문이다. 계란의 반숙은 흰자만 익히고 노른자는 익히지 않은 상태다. 그런데 돌솥에서 익히면 그 반대가 되는 것이다. 이는 원적외선이 흰자를 관통하여 그 안의 노른자를 먼저 익히기 때문이며, 같은 원리로 돌솥에 물을 끓이면 원적외선이 물 분자 깊숙이 침투하여 공진과 공명을 일으키고, 결과적으로 중금속이 제거되고 물비린내가 사라지는 등의 과학적 효과를 낸다. 돌솥에 물을 끓이는 것은 단순히 물의 온도를 높여 끓게 하는 이상의 효과를 내는 것이다.

한국 다도 고전 茶神傳

稍 점점 초.
重疾(중질) 부채질을 가볍게 계속하는 것이 경질(輕疾), 무겁게 계속하는 것이
중질(重疾)이다. 경질은 문화(文火), 중질은 무화(武火)를 위한 부채질 요령이다.

숯불을 처음 피우고 주전자를 올린 다음에는 가볍게 부채질을 하여 문화(文
火)를 일으키고, 주전자에서 물 끓는 소리가 나기 시작하면 세차게 부채질을
하여 무화(武火)를 일으킨다. 이렇게 문무화를 조화롭게 해야 물을 제대로 끓
일 수 있다.

"신선들의 물 끓이는 법"

1 문화(文火)와 무화(武火)

화로에 물을 끓이는 모습

문화와 무화는 도교(道敎)에서 단약(丹藥)을 만들기 위해 사용하는 불 관리법을 말한다. 문화는 뭉근하고 약하게 타는 불이고, 무화는 거세게 타는 불이다. 도교의 이 문무화 원리는 한의학의 탕약 제조 공정에도 그대로 적용되며, 약을 달일 때는 보통 무화로 세게 시작하여 문화로 천천히 끝내는 것이 일반적이다. 물론 문화로만 달이는 약도 있고 무화로만 달이는 약도 있다.

『다신전』에서 말하는 물 끓이기의 방법은 문화로 시작하여 무화로 나아가는 방식으로, 그 분기점이 물 끓는 소리이다.

過於文則 水性柔 柔則爲茶降
과 어 문 즉 수 성 유 유 즉 위 다 강

문화(文火)에 지나치면 곧 물의 성품이 유약해지고, 유약해지면 곧 다신이 가라앉는다.

글자풀이

文(문) 문화(文火)

過於文(과어문) 문화에 지나침. 너무 오래 약한 불로 물을 끓이는 것.

柔(부드러울 유) 약하다, 여리다.

降(강) 내리다, 가라앉다, 항복하다, 적에게 굴복하다.

해설

숯불이 너무 약한 상태로 물을 오래 끓이면 물속의 비린내가 제대로 사라지지 않는다. 따라서 차의 색향미가 제대로 드러나지 않는다.

불이 너무 약한 경우

過於武則 火性烈 烈則 茶爲水制
과 어 무 즉 화 성 열 열 즉 다 위 수 제

무화(武火)에 지나치면 곧 불의 성품이 맹렬해지고, 맹렬해지면 곧 다신이 물에 제압된다.

 글자풀이

武(무) 무화(武火)

過於武(과어무) 물을 지나치게 센 불로 끓이는 것. 센 불에 물을 오래 두어 물이 지나치게 노숙(老熟)되어 버리는 상태.

애 설

숯불이 매우 강한 상태로 너무 끓이면 물은 노숙(老熟)이 되고, 그러면 물이 차를 제압한다.

불이 너무 강한 경우

皆不足於中和 非烹家要旨也

개 부 족 어 중 화   비 팽 가 요 지 야

모두 중화(中和)에 부족하니, 차 끓이는 이의 요지(要旨)가 아니다.

글자풀이

中和(중화) 서로 다른 성질의 물질(물과 차)이 서로 융합하되, 그 덕성이 중용을 잃지 아니한 상태.

해 설

이 장의 시작에서 팽다의 요지(要旨, 핵심)는 불 조절이라고 선언하였고, 마지막 이 구절에서 거듭 문무화의 조화가 어그러지면 차와 물이 중화를 이룰 수 없고, 이는 차 달이는 이가 반드시 알아야 할 핵심과는 다른 것이라고 강조하고 있다.

잘 피워진 숯불

6

湯辨
탕변

탕의 분별

湯辨

湯有三大辨十五小辨一曰形辨二曰聲辨三
曰氣辨形爲內辨聲爲外辨氣爲捷辨如蟹眼
蝦眼魚眼連珠皆爲萌湯直如湧沸如騰波鼓
浪水氣全消方是純熟如初聲轉聲振聲驟聲
皆爲萌湯直至無聲方是結熟如氣浮一縷浮二
縷三四縷亂不分氤氳亂縷皆爲萌湯直至氣
直冲貫方是純熟

탕변의 핵심 문제

여기 〈탕변(湯辨)〉편은 물 끓이기의 과정에 대한 설명으로, 물을 어느 정도까지 끓여야 하는가가 핵심이다. '잘 끓인다'거나 '충분히 끓인다'고 흔히 말하는 물 끓이기의 정도를 정확히 어디까지 해야 하는가가 문제이며, 이는 사실 오늘날에도 매우 중요하고 어려운 문제다. 전기 포트의 경우 온도 센서가 있는 밑부분의 물이 끓는점인 100℃에 도달하면 자동으로 전원이 차단되는 것이 보통이다. 따라서 김도 많이 나지 않고, 보글보글 끓는 소리도 이내 잠잠해진다. 전력을 낭비하지 않고 물 끓이기에 최적화되어 있다고 할 수 있다. 하지만 이것은 '충분히 잘' 끓인 상태가 아니다. 가스레인지 등 외부의 화력을 이용하여 끓일 경우에도, 언제 불을 꺼야 하는가가 문제가 된다. 숯불이라면 언제 주전자를 내릴 것인가가 문제다. 끓기 시작할 때 바로 꺼야 할지, 주전자 입구로 쉭쉭 소리를 내며 세차게 김이 나올 때 꺼야 할지 결정해야 하는 것이다. 이런 상황에서 온도계는 사실 큰 도움이 되지 않는다. 한번 끓기 시작한 물은 아무리 계속 끓여도 계속 100℃에 머물 뿐이어서, 정확히 언제 불을 꺼야 하는지 알려주지 못한다. 하지만 옛 선인들은 찻물을 언제까지 끓여야 하는지 잘 알고 있었다.

湯有 三大辨 十五小辨

탕 유 삼 대 변 십 오 소 변

탕(의 분별)에는 3가지 큰 분별법과 15가지 작은 분별법이 있다.

글자풀이

辨(분별할 변) 구분하다, 나누어 분별하다.

해설

탕관 안의 끓는 물이 현재 어떤 상태인지 판별하는 방법에는 크게 3가지 방식이 있고, 그 3가지 방식에 각각 5단계가 있다는 말이다. 이를 간략히 표로 정리하면 다음과 같다.

3대변	15소변					비고
	맹탕 단계				숙탕	
형변=내변 (기포)	해안	하안	어안	연주	직지용비	순숙(100℃ 도달)
성변=외변 (소리)	초성	전성	진성	취성	직지무성	결숙(100℃ 끓음)
기변=첩변 (수증기)	일루	이루	삼사루	난불분	직충관	경숙(100℃ 유지)

3대변(大辯)과 15소변(小辨)

끓는 소리 및 수증기의 상태로 탕을 분별한다.

한국 다도 고전 茶神傳

글자풀이

形辨(형변) 모양으로 분별함.

聲辨(성변) 소리로 분별함.

氣辨(기변) 기(수증기, 김)로 분별함.

해 설

먼저 '3대변'에 대한 설명이다. 탕을 분별할 때 '무엇을' 기준으로 삼느냐에 따라 형변, 성변, 기변으로 나눈다는 것이다. 형변(形辨)은 탕관 안쪽을 눈으로 보고 그 물의 형태(기포의 모양)를 살펴 분별하는 방법이다. 성변(聲辨)은 소리로 분별한다는 말이니, 탕관 바깥에서 귀로 물 끓는 소리를 듣고 분별하는 것이다. 기변(氣辨)은 물에서 나오는 기운, 즉 수증기를 보고 분별하는 방법이다.

形爲内辨 聲爲外辨 氣爲捷辨

형 위 내 변   성 위 외 변   기 위 첩 변

형변은 내변(내부를 보고 분별함)이고, 성변은 외변(외부에서 듣고 분별함)
이며, 기변은 첩변(내외부의 연결부에서 분별함)이다.

내변(內辨)

內辨(내변) 탕관 내부 기포의 모양을 보고 분별하는 형변은 곧 내부의 변화를 보고 분별하는 것이니 내변이 된다.

外辨(외변) 탕관 외부에서 물 끓는 소리의 변화를 듣고 분별하는 성변은 곧 외부의 변화를 감지하여 분별하는 것이니 외변이 된다.

捷辨(첩변) 捷(첩)'은 주로 '빠르다'의 의미로 쓰이는 글자이나 여기서는 '연이어 잇닿음'의 의미다. 수증기란 탕관 내부의 변화가 뚜껑 가장자리 등 외부와 잇닿은 부분을 통해 외부로 전달되는 것이다. 내부와 외부의 중간, 내부와 외부 모두에 잇닿은 지점에서의 변화를 보고 분별하는 것이어서 첩변이다. 또 내변의 특징인 모양과 외변의 특징인 소리의 성질 두 가지를 함께 가지고 있기도 하다.

🫖 해 설

기포의 형태[形] 변화를 보고 분별[辨]하는 것이 형변이니, 이는 탕관 내부[內]의 변화로 분별[辨]하는 방법이다. 공기 중에 울려 퍼지는 물 끓는 소리[聲]를 듣고 분별[辨]하는 것이 성변이니, 이는 탕관 외부[外]의 변화로 분별[辨]하는 방법이다. 한편, 수증기는 돌솥의 뚜껑 가장자리나 주전자의 부리 등 내부와 외부의 접촉면에서 생긴다. 이 수증기[氣]의 변화를 보고 분별[辨]하는 방법이 기변이니, 이는 잇닿은[捷] 지점에서의 변화로 분별[辨]하는 방법이다.

대부분의 『다신전』 해설서들이 첩변(捷辨)의 '첩(捷)'을 '빠르다'의 의미로 해석하고 있으나 모두 문맥이 자연스럽지 않다. 내외(內外)와 대칭이 되는 의미로 해석해야 한다.

如蟹眼 蝦眼 魚眼 連珠 皆爲萌湯
여 해안 하안 어안 연주 개위맹탕

게의 눈 같고, 새우의 눈 같고, 물고기의 눈 같고, 이어진 구슬 같은
것은 모두 맹탕(萌湯)이다.

글자풀이

萌湯(맹탕) 겨우 끓기 시작한 상태의 물.

해설

탕관 내부의 기포와 물결 등 그 형상을 보고 물 끓음의 정도를 분별하는 형
변(내변)의 구체적 5단계를 설명하고 있다.

차가운 물을 그릇에 담아 불에 올리면 우선 그릇 바닥 부분부터 열이 가해지
고 물의 온도가 상승한다. 공기와 접촉하고 있는 물의 온도가 공기의 온도보
다 높아지면 물은 수증기 형태로 증발되기 시작한다. 공기가 차가운 새벽에
물안개가 피는 것과 같은 이치다. 불 위
에 올려진 물의 경우, 바닥 부분에 있는
물부터 서서히 분자 사이의 인력(引力)이
약해지고, 벌어진 틈 사이에서 기포(氣泡)
가 생긴다. 이처럼 기포는 탕관의 바닥
에서부터 생기며, 그 첫 모양은 일그러
진 구의 형태가 된다. 이를 보고 해안(蟹
眼), 곧 게의 눈 같다고 했다(게의 눈 모양
사진 등은 『사진으로 읽는 다신전』 참조). 처음

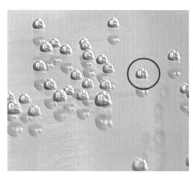

게 눈 모양의 기포

뜨거워지기 시작하여 물방울이 생길 때는 탕관 바닥에서 생겨나고 그 모양이
게의 눈 모양(⌒)과 같다는 말이다. 이 해안의 단계가 형변(내변)의 제1단계다.
게 눈 모양의 기포가 생기고도 열이 계속 가해지면 물 분자 사이의 인력이
더욱 약해지면서 더 크고 둥근 기포로 변하게 된다. 이를 두고 하안(蝦眼), 곧
새우의 눈 모양이라고 했다. 이것이 형변(내변)의 제2단계다.

해안이나 하안 모양의 기포들은 바닥에서 생겨 점차 위로 떠오르는데, 물 윗
부분은 상대적으로 덜 데워진 상태이기 때문에 다시 물 분자의 인력이 강해
져서 대부분의 기포가 중간에 소멸되어 사라진다.

계속해서 물에 열이 가해지면 바닥 부분에서 생기는 기포가 점점 많아지고
커지며, 그 모양은 물고기의 눈 모양과 같게 된다. 이것이 형변(내변)의 제3단
계다.

해안(붉은 원)과 하안

물고기 눈 모양의 기포

이 단계가 되면 탕관 안의 물에서는 대류(對流)가 일어난다. 바닥 부분의 뜨거워진 물이 그 밀도가 낮아지면서 위로 올라가고, 위에 있던 차갑고 밀도 높은 물이 밑으로 내려오는 것이다. 대류를 통해 탕관 안의 물 전체가 고루 데워질 수 있다.

이어진 구슬 모양의 기포

이런 대류를 통해 탕관 위쪽의 물까지 데워지면, 바닥면에서 생긴 기포도 중간에서 사라지지 않고 물 표면에까지 도달하게 된다. 탕관의 윗부분에 이르러서도 여전히 물 분자의 인력이 약하기 때문이다. 이렇게 밑에서 생긴 큰 기포가 물 표면까지 연이어 올라가는 모양을 연주(連珠), 곧 이어진 구슬 모양이라고 했다. 이것이 형변(내변)의 제4단계다.

바닥면에서부터 올라온 큰 기포들은 물 표면에 도달하면 외부의 공기와 만나게 되고, 이때 탕관 내부의 대기압이 기포에 가해지면서 기포가 터지게 된다. 터지는 기포에서는 그야말로 물방울 터지는 소리가 나게 되는데, 이것이 물 끓는 소리의 시작이다. 수없이 많은 기포가 연이어 터지면서 보글보글, 혹은 바글바글 등의 소리가 나게 된다.

탕관 바닥에서 생긴 기포가 터지지 않고 물 표면에까지 도달한다는 것은 물 표면의 온도 역시 끓는점에 도달했기 때문이다. 밑에만 끓는점에 도달하고 윗부분은 끓는점에 아직 도달하지 않았다면 기포는 표면에 이르지 못하고 중간에 수축되어 소리없이 터진다.

대류가 일어나고 기포가 표면에 이르러 소리를 내면서 터지기 시작했다고 물이 제대로 다 끓은 것은 아니다. 그래서 여기까지의 물은 맹탕이라고 했다. 그런데 요즘 흔히 사용하는 전기 포트는 대개 이 단계에서 전원을 차단하고 물 끓이기를 끝낸다.

直如湧沸 如騰波鼓浪 水氣全消 方是純熟
직 여 용 비 여 등 파 고 랑 수 기 전 소 방 시 순 숙

솟구치는 파도나 일렁이는 물결처럼 곧장 솟구쳐 끓어서 물기운이 완전히 소멸하면 바야흐로 순숙(純熟)이다.

동파고랑의 형상으로 끓는 물

直如(직여) 『다록』에는 '如(여)'가 아니라 '至(이를 지)로' 되어 있고, 그래야 문맥이 자연스럽다. 뒤에 이어져 댓구를 이루는 문장들에도 모두 '至(지)로' 되어 있다.

直至湧沸(직지용비) 곧게 솟구치고 끓는 상태에 도달함.

騰波鼓浪(등파고랑) 솟구치는 파도와 일렁이는 물결.

水氣(수기) 이때의 물기운은 끓여서 날려버려야 할 나쁜 기운과 냄새, 세균 등이다.

純熟(순숙) 용비(湧沸)에 이른 물이자 비린내 등 나쁜 수기가 제거된 물.

해설

물의 온도가 대기의 온도보다 높으면 증발이 시작되는데, 끓는점에 도달한 물에서는 이런 증발이 폭발적으로 일어난다. 이때 생기는 것이 수증기(김)이며, 이 수증기는 비린내를 비롯한 나쁜 수기도 함께 데리고 나간다. 이렇게 나쁜 수기가 모두 빠져나간 물이 순숙(純熟)된 물이다.

如初聲 轉聲 振聲 驟聲 皆爲萌湯 直至無聲
여 초 성 전 성 진 성 취 성 개 위 맹 탕 직 지 무 성

方是結熟
방 시 결 숙

처음 소리 같고, 구르는 소리 같고, 떨리는 소리 같고, 몰아치는 소리 같은 것은 모두 맹탕이다. 곧장 소리가 사라짐에 이르면 바야흐로 결숙(結熟)이다.

전성(轉聲, 온도가 점점 높아지면서 나는 구르는 소리) 상태의 탕관 내부

글자풀이

初聲(초성) 처음 나는 소리.

轉聲(전성) 구르는 소리.

振聲(진성) 떨리는 소리.

驟聲(취성) 휘몰아치는 소리.

結熟(결숙) 충분히 끓어서 더 이상 끓는 소리가 나지 않는 단계까지 익은 물.

해설

초성(初聲)은 고기 눈 모양의 큰 기포가 대류를 통해 위로 올라가는 중에 온도 차이와 물의 압력으로 수축(收縮)되어 터질 때 나는 소리이자 물이 본격적으로 끓기 전에 나는 미약한 소리이다.

전성(轉聲)은 고기 눈 모양의 기포가 구슬처럼 연이어 올라가서 물 표면에서 터질 때 나는 소리이다.

진성(辰聲)은 탕관 물의 온도가 100℃가 되어 연주(連珠)가 물 표면 상부 대기압으로 응축되어 터질 때 나는 떨리는 소리이다.

취성(驟聲)은 탕관이 전체적으로 100℃가 되어 기포가 대류로 바닥에서 수면 위까지 올라가 증기압과 대기압이 일치하기 전에 응축으로 터질 때의 휘몰아치는 소리이다. 여기까지는 충분히 끓은 것이 아니어서 맹탕이다.

계속해서 열이 가해지면 탕관 전체가 1기압에서 끓는점 100℃가 되고, 증기압과 대기압이 일치하게 된다. 그러면 상부의 기포가 터지지 않으므로 소리가 나지 않는다. 이것이 무성(無聲)이며, 펄펄 끓여도 소리가 나지 않는다. 물 전체가 끓는점에 도달한 것으로 이를 결숙(結熟)이라 한다. 물 끓이기를 끝내야 하는 단계다.

如氣浮一縷 浮二縷 三四縷 亂不分 氤氳亂縷

여 기 부 일 루 부 이 루 삼 사 루 난 불 분 인 온 난 루

皆爲萌湯 直至氣直沖貫 方是輕熟

개 위 맹 탕 직 지 기 직 충 관 방 시 경 숙

수증기가 한 가닥 뜨는 것, 두 가닥 뜨는 것, 서너 가닥 뜨는 것, 어지러워 나눌 수 없는 것, 자욱하게 뒤얽혀 여러 가닥인 것 등은 모두 맹탕이다. 수증기가 곧장 치솟음에 이르면 바야흐로 경숙(輕熟)이다.

🌾 글자풀이

浮(뜰 부) 여기서는 수증기가 '피어오름'의 의미다.

縷(실 루) 실의 가닥. 여기서는 수증기의 줄기.

氤(인) 기운 성할 인. 기운이 성한 모양.

氳(온) 기운 성할 온. 기운이 성한 모양.

氤氳(인온) 수증기의 줄기가 매우 세찬 모양.

沖貫(빌 충, 꿸 관) 허공을 꿰뚫음. 수증기가 한 방향으로 힘차게 뿜어지는 것.

輕熟(경숙) 완전히 익은 물로, 수증기까지 안정된 물.

🫖 해 설

일루(一縷)는 새우 눈 같은 작은 기포가 고기 눈 모양의 큰 기포가 되어 대류로 위로 올라가던 중 탕관 내부 온도 차이로 기포의 온도가 내려가고, 물 압력으로 오므라들어 깨지면서 나는 김(수증기)이다.

이루(二縷)는 어안(魚眼)이 연주(連珠)로 수면 부분에서 터져서 나는 김(수증기)이다.

삼사루(三四縷)와 난불분(亂不分)은 연주(連珠)로 발생한 기포가 수면 위에 올라와서 터져서 생기는 김(수증기)이다.

인온난루(氤氳亂縷)는 기포가 대류로 탕관 상부까지 올라와서 증기압(蒸氣壓)과 대기압(大氣壓)이 일치되기 전에 응축(凝縮)으로 터지는 것이다. 여기까지는 모두 덜 끓은 것이다.

기직충관(氣直沖貫)은 탕관 밑에서 생긴 기포가 대류로 수면 상부까지 곧장 솟구치고, 김(물속의 공기+수증기)이 수직으로 세차게 확 빠져나가면서 끓는점 100℃로 계속 유지되는 상태이며, 찻물이 완전히 끓은 것이다. 여기서 계속 더 끓이면 물이 수증기로 변해서 김으로 공기 중으로 빠져나가기 때문에 찻물이 줄어드는 노숙(老熟)이 된다.

일루(一縷) 증발하는 수증기가 한 줄기 김을 이룬 상태.

이루(二縷) 증발하는 수증기가 두 줄기 김을 이룬 상태.

삼사루(三四縷) 증발하는 수증기가 서너 줄기 김을 이룬 상태

1 순숙(純熟), 결숙(結熟), 경숙(輕熟)의 관계

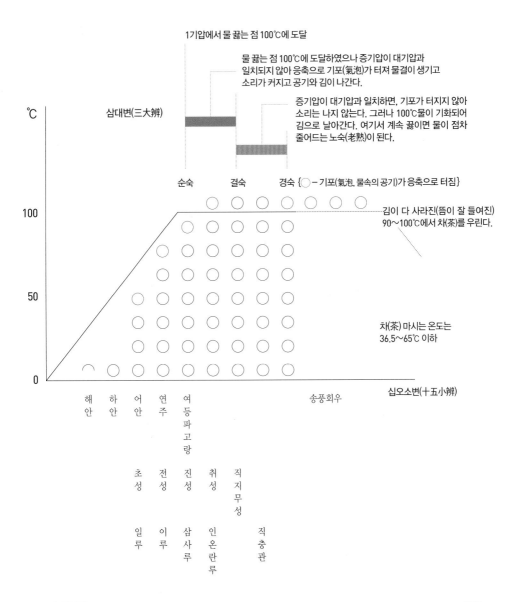

℃

1기압에서 물 끓는 점 100℃에 도달

물 끓는 점 100℃에 도달하였으나 증기압이 대기압과 일치되지 않아 응축으로 기포(氣泡)가 터져 물결이 생기고 소리가 커지고 공기와 김이 나간다.

증기압이 대기압과 일치하면, 기포가 터지지 않아 소리는 나지 않는다. 그러나 100℃물이 기화되어 김으로 날아간다. 여기서 계속 끓이면 물이 점차 줄어드는 노숙(老熟)이 된다.

삼대변(三大辨)

순숙   결숙   경숙 { ◯ - 기포(氣泡, 물속의 공기)가 응축으로 터짐 }

김이 다 사라진(뜸이 잘 들여진) 90~100℃에서 차(茶)를 우린다.

100

50

차(茶) 마시는 온도는 36.5~65℃ 이하

0

십오소변(十五小辨)

해안	하안	어안	연주	여등파고랑				송풍회우
		초성	전성	진성	취성	직지무성		
		일루	이루	삼사루	인온란루	직충관		

7

湯用老嫩

탕용노눈

탕에서 너무 끓인 물과
덜 끓인 물의 사용

蔡君謨湯用嫩而不用老盖因古人制茶造
則必碾已則必磨磨則必羅則味爲飄塵飛粉
矣於是和劑印作龍團則見湯而茶神硬浮此
用嫩血不用老也今時製茶不假羅碾全具元
体此湯須純熟元神始發也故曰湯須五沸茶
奏三奇

茶
字
之
誤
書
爲
字
之
誤

蔡君謨 湯用嫩而 不用老

채 군 모 탕 용 눈 이 불 용 노

채군모는 탕으로 여린 물을 쓰고 노숙된 물은 쓰지 않았다.

蔡君謨(채군모) 채양(蔡襄, 1012~1067). 북송(北宋) 때 사람으로 『다록(茶錄)』의
저자이다. 복건성에서 태어나 19세에 진사가 되어 복건로전운사(福建路轉運士),
한림학사(翰林學士) 등을 지냈으며, 소용단(小龍團) 차를 개발하였다.

嫩(눈) 어릴 눈. 여기서는 덜 끓인 탕수를 의미.

老(노) 너무 오래 많이 끓인 노수(老水).

🫖 해 설

앞의 〈탕변(湯辨)〉 편에서 찻물은 5비(五沸)로 끓여야 함을 설명했다. 해안(蟹
眼), 하안(蝦眼), 어안(魚眼), 연주(連珠), 등파고랑(騰波鼓浪)의 5단계까지 물을 끓
이는 것이 오비다. 그런데 이번 장(章)에서는 아주 옛날부터 이렇게 5비로 찻
물을 끓인 것은 아니라는 설명을 하고 있다. 5비는 잎차를 우릴 때의 물 끓
이는 방법이고, 떡차 시대에는 그렇게 끓이지 않았다는 것이다. 그 사례로
소용단 차를 개발한 채군모의 경우를 들었다. 채군모는 덜 끓인 물을 사용하
고 노숙된 물은 사용하지 않았다고 하고, 이제부터 왜 채군모가 떡차에 덜
끓인 약한 물을 썼는지 설명한다.

蓋因古人 製茶 造則必碾 碾則必磨

개인고인 제다 조즉필연 연즉필마

磨則必羅 則味爲飄塵飛粉矣

마즉필라 즉미위표진비분의

대개 옛사람이 제다를 할 때는 만들면 곧 반드시 빻고, 빻으면 곧 반드시 갈며, 갈면 곧 반드시 체로 치니, 그런즉 차가 먼지처럼 날리는 가루가 되기 때문이다.

맷돌로 간 후 체로 친다.

한국 다도 고전 茶神傳

因(인) ~이기 때문이다. 원인은 ~이다.

碾(연) 절구나 맷돌로 떡차를 빻아 부수는 일, 또는 거기에 쓰는 기구.

磨(마) 가루를 내는 동작, 또는 거기에 쓰는 맷돌 등의 기구.

羅(라) 새그물 라. 여기서는 체의 뜻.

味(미) 『다록』에 茶(차)로 되어 있다.

飄塵(표진) 회오리바람 표, 티끌 진. 합하여 회오리바람에 날리는 티끌의 의미.

飛紛(비분) 날 비, 가루 분. 날리는 가루.

해 설

떡차에 어린 물을 쓰고 노수를 쓰지 않는 이유를 설명하고 있는데, 그 원인은 제다와 관련이 있다는 것이다. 떡차 제다에서는 찻잎을 빻고 갈아서 미세한 가루로 만드는데, 이처럼 미세해진 가루에서 차의 색향미를 끌어내기 위해 어린 물, 곧 덜 끓인 물을 썼다는 것이다.

於是和劑 印作龍團 則見湯而茶神硬浮
어 시 화 제　인 작 용 단　즉 견 탕 이 다 신 경 부

此用嫩而不用老也
차 용 눈 이 불 용 노 야

여기에 약재를 섞어 용봉단으로 찍어 만든 즉, 탕과 만나면 다신이
바로 떠오른다. 이것이 어린 물을 쓰고 노수를 쓰지 않음이다.

和劑(화제) 약재를 섞음.

印作(인작) (도장을 찍듯이) 찍어서 만듦.

龍團(용단) 용봉단차.

見 볼 견. 여기서는 '만나다'의 의미.

硬 굳을 경. 원전인 장원의 『다록』에는 '편(便)'으로 되어 있다. 편(便)은 '문득, 바로'의 뜻.

해설

떡차를 점다할 때 덜 끓인 물을 사용한 이유를 설명했다. 매우 미세하게 갈아서 만든 차라서 어린 물을 써야 곧장 차의 색향기미가 피어오른다는 것이다. 이런 의견은 예전부터 있었다. 예컨대 소용단을 개발한 송(松)나라의 채양(蔡襄, 채군모)은 『다록』에서 "해안(蟹眼)은 노수(老水)"라 했고, 송나라 황제 휘종은 『대관다론』에서 "어목(魚目), 해안(蟹眼)이 생길 때가 적당하다"고 하였다. 명나라 때의 허차서 역시 『다소(茶疏)』에서 "순숙(純熟)은 지나친 물"이라 하였다. 이처럼 가루차를 점다하던 시대의 차인들은 3비나 5비로 순숙되기 이전의 물을 사용하였다.

今時製茶 不假羅碾 全具元體 此湯 須純熟
금시제다 불가라연 전구원체 차탕 수순숙

元神始發也
원신시발야

지금은 차를 만들 때 체와 맷돌을 사용하지 아니하여 원래의 형체를
온전히 갖추고 있다. 이에 탕은 모름지기 순숙(純熟)이어야 원래의 다
신(茶神)이 비로소 피어난다.

假(가) 거짓 가. 빌 가. 여기서는 '빌다'의 의미.

全具(전구) 온전히 갖춤.

元體(원체) 원래의 형체.

全具元體(전구원체) (완성된 차가) 원래의 찻잎 형태를 온전히 갖추고 있음. 가루차는 찻잎을 찧고 갈아서 만들기에 본래의 형체가 모두 흩어져버리지만, 산차(散茶)는 찻잎의 형체를 그대로 살려서 만든다는 말이다.

해 설

가루차를 즐기던 시대에는 덜 끓인 물을 쓰는 것이 옳지만, 찻잎을 부수거나 으깨지 않고 차를 만드는 산차(散茶)의 경우에는 5비로 잘 끓인 물, 즉 순숙 (純熟)된 물을 써야 한다는 설명이다. 찻잎이 본래의 형태를 그대로 유지하고 있기에 다신을 이끌어내려면 상대적으로 더 많이 끓인 물을 사용해야 한다는 것이다.

故曰 湯須五沸 茶奏三奇

고왈 탕수오비 차주삼기

그런고로 말하기를, "탕은 모름지기 5비로 끓여야 차가 3기를 나타낸다"고 한다.

奏(아뢸 주) 여기서는 차가 3기를 밖으로 드러낸다는 뜻.

三奇(삼기) 세 가지 기묘함. 곧 차의 뛰어난 색향미.

해설

결론적으로, 산차(散茶)를 우릴 때는 5비로 끓인 순숙탕을 써야 한다고 강조하였다. 미세한 가루를 점다할 때는 덜 끓인 물, 낮은 온도의 물을 쓰지만 산차는 5비로 끓인 뜨가운 물을 사용한다는 것이다.

8

泡法
포법

우리는 법

探湯純熟便取起先注少許壺中祛湯冷氣傾
出然後投茶葉多寡宜酌不可過中失正茶重
則味苦香沈水勝則色清味寡兩壺後又用冷
水滌滌使壺凉潔不則減茶香矣礶熟則茶神
不健壺清水性當灵稍候茶水冲
和然後伶釃布飲釃不宜早飲不宜遲早則茶
神未發遲則妙馥先消

探湯純熟 便取起 先注少許壺中 祛湯冷氣
탐 탕 순 숙 편 취 기 선 주 소 허 호 중　거 탕 냉 기

傾出　然後投茶
경 출　연 후 투 다

찻물이 순숙(純熟) 되기를 살펴 (주전자를) 곧 취하여 들어낸다. 먼저 차호
(茶壺)에 조금 부어 냉기를 없애고, 기울여 따라낸 연후에 차를 넣는다.

↑ 평소 다기 온도
↓ 祛湯冷氣(거탕냉기) 후 다기 온도

한국 다도 고전 茶神傳

探(탐) 찾을 탐. 여기서는 '살피다'의 의미.

便取起(편취기) 곧 취하여 일으킴. 순숙된 탕이 들어 있는 탕관을 곧 불 위에서 내린다는 말이다.

祛 떨어 없앨 거.

湯(탕) 蕩(쓸어버릴 탕)의 오자.

祛蕩冷氣(거탕냉기) 냉기를 씻어 없애버림.

傾出(경출) (거탕냉기를 위하여 차호에 따른 물을) 기울여 따라냄.

해 설

순숙(純熟) 된 찻물로 다기를 예열하는 과정을 먼저 설명했다. 찻물을 순숙의 상태에 이르도록 5비로 끓인 후, 이 물을 조금 탕관에 부어 냉기를 씻어내라는 설명이다. 이렇게 탕관에 뜨거운 물을 부어 탕관 자체의 온도를 높여준 후 차를 넣으면 다관 안에서 일종의 홍배(烘焙) 기능이 일어나 향과 맛이 더욱 좋아진다. 홍배는 완성된 차를 솥에서 약한 불로 서서히 말리면서 향을 북돋아 주는 과정.

葉多寡宜酌 不可過中失正

엽 다 과 의 작 불 가 과 중 실 정

찻잎의 많고 적음은 마땅히 잔에 맞추어 중(中)을 지나치거나 정(正)을
잃어서는 안 된다.

多寡(다과) 많고 적음. 다소(多少).

宜酌(의작) 마땅히 잔에 맞춤. 혹은 마땅히 잘 헤아림.

過中失正(과중실정) 중정(中正)에서 벗어나거나 잃어버림.

🫖 애 설

포법(泡法)의 핵심은 찻잎의 양을 가늠하는 데 있다. 찻잎의 양과 물의 양을 서로 알맞게 넣고 붓는 것이 곧 중정(中正)이고, 어느 한 쪽이 많거나 적어서는 안 된다.

茶重則味苦香沈 水勝則色淸味寡

차 중 즉 미 고 향 침　수 승 즉 색 청 미 과

차가 많으면 곧 맛이 쓰고 향이 가라앉는다. 물이 많으면 곧 색이 멀 겋고 맛이 부족해진다.

 글자풀이

淸(맑을 청) 여기서는 색이 너무 연하고 묽다는 뜻.

해설

차와 물 양의 중정이 깨질 경우 발생하는 문제를 설명했다. 차가 많으면 당연히 맛이 써지고 향도 좋지 못하게 된다. 반대로 찻잎이 적고 물이 너무 많으면 제대로 우러나지 않아 색은 멀겋고 맛과 기도 부족하게 된다.

兩壺後 又用 冷水蕩滌 使壺凉潔
양 호 후 우 용 냉 수 탕 척 사 호 양 결

不則減茶香矣
불 즉 감 다 향 의

두 번 우린 뒤에 또 쓸 때는 찬물로 깨끗이 씻어 호(壺)를 차고 깨끗하게 해준다. 그렇지 않으면 차의 향기를 감소시킨다.

🌿 글자풀이

兩壺(양호) 두 번의 호(壺), 곧 다호에 찻잎을 넣고 두 번 우림. 재탕까지 차를 우림.
使壺凉潔(사호양결) 호로 하여금 청량하고 청결하게 함.

해설

두 번 우려서 마신 뒤에는 다호(다관)를 찬물로 깨끗이 씻어 주어야 그 호를 또 사용할 수 있다. 다관이 차고 청결하지 못하면 당연히 차의 색향미를 제대로 드러낼 수 없다.

罐熱則茶神不建 壺淸水性當靈
관 열 즉 다 신 불 건　호 청 수 성 당 령

다관이 뜨거우면 곧 다신이 건강치 않고, 다호가 깨끗하면 수성(水性)은 당연히 신령(神靈)하다

해 설

앞에서 한번 사용한 탕관은 냉수로 씻어서 양결(凉潔)하게 해야 다시 사용할 수 있다고 했는데, 이에 대한 부연설명이다. 한번 차를 우려낸 뜨거운 탕관을 다시 사용하면 다신이 제대로 일어서지 않으니 반드시 차고 깨끗하게 해야 한다는 지적이다.

한번 사용한 탕관을 냉수로
씻어내는 모습

稍俟茶水冲和 然後 令釃布飮

초 사 다 수 충 화 연 후 영 시 포 음

차와 물이 중화(冲和)되기를 잠시 기다린 연후에 베로 걸러서 마신다.

 글자풀이

稍 잠시 초

俟 기다릴 사

冲 화할 충, 빌 충

和 화할 화

冲和(충화) 알맞게 조화를 이룸.

令(하여금 령) 『다록』과 『만보전서』에는 모두 '分(나눌 분)'으로 되어 있다.

釃 거를 시

分釃布飮(분시포음) 베로 나누어 걸러 마신다. 오늘날의 거름망과 같은 도구를 사용하여 차를 거르면서 따르되 잔마다 나누어서 따르고 마신다.

해설

다관에 차와 물을 넣고 우려지기를 기다려서 베어 걸러 따르고 마신다는 말이다. 『다록』이 저술되던 명대의 다관이나 다호에는 내부에 거름망이 없었으므로 베로 걸러서 따랐다. 布(포)를 '베'가 아니라 '펴다'의 의미로 해석하기도 하는데, 이 경우 '分釃布飮(분시포음)'은 '나누어 따르고 펼쳐서(나누어) 마신다'는 의미가 된다.

醨不宜早 飮不宜遲 早則茶神未發
시 불 의 조　음 불 의 지　조 즉 다 신 미 발

遲則妙馥先消
지 즉 묘 복 선 소

거르는 것이 빠르면 마땅치 않고 마시는 것이 늦어도 마땅치 않다.
빠르면 곧 다신이 일지 않고 늦으면 곧 오묘한 향이 먼저 사라진다.

글자풀이

不宜 마땅치 않음, 좋지 않음. ~하면 안 된다.

馥 향기 복

消 사라질 소

해설

앞에서 다관 안의 차와 물이 충화(冲和)를 이루어야 한다고 했는데, 그러기 위
해서는 당연히 시간이 필요하다. 이 기다리는 시간의 중요성에 대해 설명한
구절로, 너무 빠르면 차가 다 우려지지 않아 다신이 제대로 피어나지 못하
고, 너무 늦으면 향이 다 날아가 버린다고 하였다. 오늘날에도 물의 온도, 적
절한 차와 물의 양, 알맞은 시간 등은 차 우리기에서 가장 핵심이 되는 요소
이다.

　　　　　　　　　　　　　　　　　　한국 다도 고전 茶神傳

"잘못 마시면 건강을 해친다."

1 차 마실 때 삼가야 할 사항

본문에서는 차를 너무 일찍 거르거나 너무 늦게 마시면 안 된다고 하였다. 이는 단순히 차의 색향미에만 관계된 것이 아니며, 식은 차를 잘못 마시면 건강을 해치는 등의 문제도 생길 수 있다. 건강하게 차를 마시기 위해 알아두어야 할 금기사항들을 살펴보자.

1) 차를 새벽에 일어나 공복(空腹)에 마시면 차의 찬 성질이 폐(肺)에 들어가 비위(脾胃)를 냉하게 한다. 중국에서는 옛날부터 공심차(空心茶)를 마시지 않는다.

2) 차를 65℃ 이상에서 마시면 안 된다. 차를 우릴 때는 90℃ 이상에서 우려야 차의 주요 성분인 카테킨이 잘 우러나지만, 65℃ 이상 뜨거운 차를 마시면 입, 혀, 식도와 위(胃)의 세포가 상한다. 우리의 몸은 세포로 구성되어 있고, 세포는 단백질인데, 단백질은 65℃ 이상에서 화상(火傷)을 입게 되기 때문이다. 세계보건기구(WHO) 산하 국제암연구소(IARC)는 2016년에 65℃ 이상의 음료를 발암물질로 지정하였으며, 특히 식도는 보호막이 없어 높은 온도의 음료(각종 국이나 탕 종류와 차와 커피 등)를 마시면 식도암 발병 위험이 커지므로 차는 절대로 너무 뜨겁게 마시면 안 된다.

3) 냉차(冷茶)를 마시는 것을 삼가야 한다. 따스한 차는 정신을 상쾌하게 하며 귀와 눈을 밝게 하지만, 냉차는 몸을 차갑게 하여 가래가 생긴다.

4) 진하게 우린 차[濃茶]를 마시면 카페인의 디오필린이 많이 함유되어 있어 쉽게 두통 이 생기고 불면증에 시달리게 된다.

5) 차를 우려서 오래 두면 안 된다. 우려서 오래 두면 폴리페놀, 유지, 방향물질 등이 자동산화되어 색이 어두워지며 맛이 사라지고 비타민C, 아미노산 등이 산화되어 차의 진성을 잃는다.

6) 식전에 차(茶)를 마시는 것을 삼가야 한다. 위액은 보통 산성도가 pH 1.2로 강산성 을 유지해야 소화가 잘 되는데, 식전에 차를 마시면 위액이 희석되어 식욕이 떨어 지고 소화기관에서 차의 탄닌이 단백질 흡수를 방해한다.

7) 식후에 바로 차를 마시면 차의 탄닌이 위에서 음식물의 단백질과 무기물(철, 칼슘, 마 그네슘 등)을 응고시켜 흡수를 방해한다.

8) 찻물로 약 복용하는 것을 삼가야 한다. 차의 탄닌산은 약물과 결합하여 침존이 되 므로 약이 인체에 흡수되는 것을 방해하여 약효가 떨어진다.

9

投茶

투다

차 넣기

投茶

投茶行序，毋失其宜。先茶湯後曰下投，湯半下
茶，復以湯滿曰中投，先湯後茶曰上投。春秋中
投，夏上投，冬下投。

投茶行序 毋失其宜
투 다 행 서 무 실 기 의

차를 넣음에는 순서가 있으니 그 마땅함을 잃지 말라.

投 넣을 투, 던질 투

行序(갈 행, 차례 서) 순서, 차례

毋(말 무) ~하지 말라. 금지사.

해 설

다관에 차를 우릴 때 차를 먼저 넣을 것인지, 물을 먼저 넣고 차를 나중에 넣을 것인지의 문제에는 정해진 순서가 있다는 말이다.

先茶湯後 曰 下投 湯半下茶復以湯半
선 다 탕 후 왈 하 투 탕 반 하 차 부 이 탕 반

曰 中投 先湯後茶 曰 上投
왈 중 투 선 탕 후 다 왈 상 투

차를 먼저 넣고 물을 뒤에 붓는 것을 하투라 하고, 탕을 반 넣고 차를
넣은 뒤 다시 탕을 반 넣는 것을 중투라 하며, 먼저 탕을 붓고 나중에
차를 넣는 것을 상투라 한다.

하투(下投) 빈 다관에 차를 먼저 넣고 물을 붓는 방식이다.

復 다시 부, 회복할 복

해 설

다관에 차와 물을 넣는 순서와 관련해서는 세 가지 방법이 있다. 차를 먼저 넣고 물을 나중에 부으면 차가 물 밑에 있게 되므로 하투라 하고, 그 반대는 상투라 한다. 물을 반 정도 먼저 넣고 차를 넣은 뒤 남은 물 반을 마저 넣는 방법도 있는데, 이는 차가 물의 중간에 오게 되므로 중투라 한다.

春秋中投 夏上投 冬下投
춘 추 중 투   하 상 투   동 하 투

봄가을에는 중투, 여름에는 상투, 겨울에는 하투로 한다.

해설

상투, 중투, 하투의 선택은 계절에 따른다는 것인데, 이는 외부의 온도까지 고려하여 차를 우려야 한다는 말이기도 하다. 여름에는 대체로 날씨가 더우므로 물을 먼저 부어 식으면서 차가 우려지도록 한다. 겨울은 그 반대이고, 봄가을에는 중간을 취한다.

중투(中投) 먼저 물을 반쯤 붓고, 차를 넣은 후 다시 물을 채우는 방식이다.

한국 다도 고전 茶神傳

10

飲茶

음다

차 마시기

飲茶

飲茶以客少爲貴客衆則喧喧則雅趣乏矣獨
啜曰神二客曰勝三四曰趣五六曰泛七八日
施

飲茶以客少爲貴 客衆則喧 喧則雅趣乏矣
음 다 이 객 소 위 귀 객 중 즉 훤 훤 즉 아 취 핍 의

차 마실 때는 객이 적은 것을 귀하게 여긴다. 객이 많으면 곧 어수선
하고, 어수선하면 곧 아취(雅趣)가 없어진다.

일지암의 가을 풍경

한국 다도 고전 茶神傳

喧 떠들썩할 훤.

雅(우아할 아) 고상하고 바르고 우아함.

趣 뜻 취, 풍치 취, 멋 취.

雅趣(아취) 아담한 정취. 고상한 취미. 고상하고 우아한 멋.

乏 모자랄 핍, 궁핍(窮乏)할 핍.

해 설

차를 어떤 분위기에서 마셔야 그 진미와 진향을 제대로 즐길 수 있는가의 문제를 논했다. 차는 기본적으로 술과 달라서 조용하고 고상하며 우아한 분위기에서 마시는 것을 목표로 삼는데, 그러기 위해서는 사람이 많지 않아야 한다고 했다. 소란하고 어수선한 분위기에서는 차의 색향미를 제대로 즐길 수 없다.

獨啜曰神 二客曰勝 三四曰趣 五六曰泛
독 철 왈 신　이 객 왈 승　삼 사 왈 취　오 육 왈 범

七八曰施
칠 팔 왈 시

홀로 마시는 것을 신(神)이라 하고, 객이 둘이면 승(勝)이라 하며, 서넛
이면 취(趣)라 하고, 대여섯이면 범(泛)이라 하며, 일고여덟이면 시(施)
라 한다.

글자풀이

啜 마실 철

神(귀신 신) 신령스럽다는 의미.

勝(이길 승) 뛰어나다는 의미.

趣(멋 취) 아취(雅趣)가 있다는 의미.

泛(뜰 범) 넓다는 뜻으로도 쓰이면, 여기서는 평범(平凡)하다는 의미.

施(베풀 시) 두루 나눈다는 의미.

해설

앞에서는 찻자리의 객(客)이 적을수록 좋다고 하였으며, 여기서는 인원수에
따른 찻자리의 특징을 설명하고 있다. 혼자 마실 때 신선의 경지에서 다신과
접할 수 있고, 손님이 한둘이면 뛰어난 찻자리가 된다고 하였다. 서넛이면
그래도 아취를 즐길 수 있으나 대여섯이면 평범한 자리가 되고 일곱이 넘어

가면 그저 차를 베풀고 나누어 마시는 자리가 된다고 한다.

북송 때의 문인 황정견(黃庭堅, 1045~1105)이 쓴 『황산곡집(黃山谷集)』에 유사한 구절이 있으니, "1인이면 신선의 경지를 얻을 수 있고[一人得神], 2인이면 아취를 얻을 수 있으며[二人得趣], 3인이면 맛을 얻을 수 있고[三人得味], 6~7인은 이름하여 시차이다[六七人是名施茶]"라고 하였다. 이를 원용하여 생각해보면 혼자만의 찻자리에서 마시는 차는 신차(神茶), 2~3인이 마시는 차는 승차(勝茶), 4~5인이 마시는 차는 취차(趣茶), 6~7인이 마시는 차는 범차(泛茶), 8인 이상이 마시는 차는 시차(施茶)라고 할 수 있다.

11

香
향

향

香

茶有眞香有蘭香有淸香有純香表裏如一曰
純香不生不熟曰淸香火候均停曰蘭香雨前
神具曰眞香更有含香漏浮香間香此皆不正
之氣

茶 有眞香 有蘭香 有淸香 有純香
다 유 진 향 유 난 향 유 청 향 유 순 향

차에는 진향(眞香), 난향(蘭香), 청향(淸香), 순향(純香)이 있다.

글자풀이

眞香(진향) 찻잎 자체의 향기이며, 채다(採茶)의 시기를 정확히 맞추고 제다 과정에서 다른 향을 첨가하지 않아야 한다. 찻잎 안에 응축된 다신(茶神)의 향.

蘭香(난향) 난초의 향처럼 은은한 향기. 덖을 때 불기운이 고르게 전달되어야 나오는 향.

淸香(청향) 맑은 향. 덖을 때 설익거나 너무 익지 않아야 나오는 향.

純香(순향) 덖을 때 겉과 속이 고르게 익어야 나오는 순수한 향.

해설

차에서 나는 4향에 대한 설명이다. 차의 향기는 기본적으로 찻잎 속에 들어 있는 향기성분에 의한 것인데, 이 향기성분은 불을 만나야 발현된다. 산차를 만들 때의 덖음 과정, 떡차를 만들 때의 찌는 과정, 그리고 떡차를 우리기 전 불에 굽는 과정에서 향이 발산된다. 여기서는 제다 과정, 특히 산차의 덖음 과정에서 발산되는 4가지 향에 대해 설명하고 있다.

表裏如一 曰 純香 不生不熱 曰 清香
표 리 여 일 왈 순 향 불 생 불 열 왈 청 향

火候均停 曰 蘭香 雨前神具 曰 眞香
화 후 균 정 왈 난 향 우 전 신 구 왈 진 향

겉과 속이 한결같은 것을 순향(純香)이라 하고, 생것도 아니고 너무 익지도 않은 것을 청향(淸香)이라 하며, 불 살핌이 고르게 된 것을 난향(蘭香)이라 하고, 곡우 전 다신이 온전한 것을 진향(眞香)이라 한다.

글자풀이

熱(열) 『다록』과 『만보전서』에는 '熟(익을 숙)'으로 되어 있다.

均 고를 균

停 머무를 정

均停(균정) 균일하게 고정됨.

具 갖출 구

해 설

앞서 말한 4향의 발현 조건을 설명하고 있는데, 모두 제다의 과정과 관련되어 있다. 겉과 속이 고루 잘 익을 때의 향이 순향(純香), 덜 익지도 않고 너무 익지도 않게 중정을 지킨 차의 향이 청향(淸香), 불기운이 일정하고 가마솥 온도가 균일할 때 나오는 향이 난향(蘭香)이다. 진향(眞香)은 찻잎 본래의 향기로, 찻잎에 다신이 갖추어지는 시기를 잘 맞추어 따야 얻을 수 있다.

更 有含香 漏浮香 間香 此皆不正之氣
갱 유 함 향 누 부 향 간 향 차 개 부 정 지 기

또 함향(含香), 누향(漏香), 부향(浮香), 간향(間香)이 있는데, 이는 모두
바르지 못한 향이다.

글자풀이

含香(함향) 찻잎 본래의 향기 외에 다른 향을 머금은 향. 진향(眞香)의 반대
가 되는 향. 용뇌나 사향 등을 섞은 차에서 나는 향기.

漏香(누향) 새어 넘치는 향. 청향(淸香)의 반대. 찻잎이 너무 익어서 나는 향기.

浮香(부향) 들뜬 향기. 난향(蘭香)의 반대. 덖을 때 불기운이 고르지 못해서
생기는 향기.

間香(간향) 어정쩡한 향기. 순향(純香)의 반대. 겉과 속이 여일(如一)하게 익지
않고 겉만 탔을 때 나는 향기.

不正之氣(부정지기) 부정(不正)한 향기.

해설

채다의 시기를 벗어나서 차를 채취한다거나, 차를 만드는 과정이 잘못되면
비정상적인 냄새가 생기게 된다. 그 사례 4가지를 앞서 소개한 4향과 대비하
여 설명하였다. 함향(含香향)은 무언가를 '머금은 향기'이니, 찻잎 본연의 향
외의 다른 향기를 첨가한 차에서 나는 향이다. 제다할 때 용뇌 따위를 넣는
경우가 이에 해당하고, 차를 우릴 때 다른 식품을 첨가하는 것도 진향을 버
리고 함향을 취하는 어리석은 행위다. 누향(漏香), 부향(浮香), 간향(間香)은 모
두 덖을 때 불 조절이나 덖음의 정도를 알맞게 하지 못해서 생기는 향이다.

한국 다도 고전 茶神傳

"4향을 온전히 느끼려면……"

1 차의 향기

차의 향기는 찻잎에 미량 존재하는 휘발성 물질들에서 비롯된다. 향기성분으로 불리는 이 물질들이 공기를 매개로 사람의 비강에 흡입되는데, 향기성분은 먼저 후각상피 표면의 점막에 녹아 섬모에 충돌하고, 그러면 후각세포가 흥분되며, 이 자극이 후각신경을 통해 뇌에 전달되어 최종적으로 우리가 향기를 느끼게 된다.

차의 향기는 맛을 연상시키고, 기호(嗜好)를 자극할 뿐만 아니라 제품의 신선도 등 품질 판단에 중요한 역할을 한다. 향기성분은 찻잎 조직 내에서 합성된 천연성분으로 존재하는데, 가공 과정에서 생성되며, 사람들은 약 10만 가지 이상의 냄새를 구분할 수 있다고 한다. 다만 이를 표현하기는 어렵다.

후각(嗅覺)은 무척 예민해서 향기 물질의 농도가 매우 낮아도 쉽게 느낄 수 있으나, 향기 나는 곳에 오래 머무르면 향기의 강도가 점점 약해지고, 나중에는 느끼지 못하게 된다. 이는 후각이 피로하여 둔화되기 때문이다. 후각은 다른 감각기관에 비해 쉽게 피로해지지만 쉽게 회복되기도 하는데, 이런 둔화와 회복 형상은 1~10분 내에 일어난다.

음식을 먹을 때 냄새를 느끼는 것은 음식을 씹을 때 향기성분이 연결통로를 통해 입에서 코로 이동되기 때문이다.

12

色

색

색

색

色

茶以清翠爲勝濤以藍白爲佳黃黑紅昏俱不
入品雲濤爲上翠濤爲中黃濤爲下新泉活火
煮茗玄工玉茗水濤當杯絕枝

茶以淸翠 爲勝 濤以藍白 爲佳

다 이 청 취 위 승 도 이 람 백 위 가

차는 맑은 비취색(翡翠色)이 좋고, 탕은 남백색이 아름답다.

翠(비취색 취) 비취옥의 색(짙은 녹색) 또는 남색과 파랑의 중간색. 여기서는 우리기 전의, 완성된 차 색깔을 말하는 것이다.

以淸翠爲勝(이청취위승) 청취로써 승을 삼는다, 즉 맑은 비취색을 뛰어난 것으로 친다.

濤(큰물결 도) 여기서는 차를 우려낸 차탕(茶湯)의 의미. 말차를 대상으로 하는 경우에는 말차에 뜨는 거품을 말한다.

藍(쪽 람) 남색.

藍白(남백) 쪽빛이 도는 흰색.

🫖 해 설

먼저 차 자체는 맑은 비취색, 또는 푸른빛이 도는 비취색이 좋다고 하고, 이를 우린 탕색은 푸른빛이 도는 백색이 아름답다고 하였다. 모두 솥에서 덖어 만드는 녹차의 색과 탕색을 말한 것이다. 차는 녹색이 핵심이고 탕은 백색이 핵심이다.

黃黑紅昏 俱不入品

황 흑 홍 혼   구 불 입 품

황색, 흑색, 홍색, 어두운색은 모두 품(品)에 들지 못한다.

글자풀이

昏(어두울 혼) 어두운 색깔, 혹은 황흑홍이 뒤섞인 색.

品(물건 품) '품격, 품평, 등급'의 뜻에서 파생하여 '뛰어난 등급'의 의미.

해설

차의 색은 맑은 비취색(짙은 녹색)이 좋다고 한 앞의 말에 대한 부연설명이다.
황색, 흑색, 홍색, 어두운색의 차는 제대로 만들어지지 않았거나 보관을 잘못
하여 변색된 차이다. 차가 황, 흑, 홍색을 띠는 것은 모두 산화가 되었기 때
문이다.

한국 다도 고전 茶神傳

雲濤爲上 翠濤爲中 黃濤爲下
운 도 위 상 취 도 위 중 황 도 위 하

눈처럼 흰 탕이 상이고, 비취색 탕이 중이며, 황색 탕은 하이다.

글자풀이

雲(운) 『다록』과 『만보전서』에는 모두 '雪(눈 설)'로 되어 있다.

雪濤(설도) 눈처럼 흰 차탕.

翠濤(취도) 비취색의 차탕.

黃濤(황도) 누런 차탕.

해설

'濤(큰파도 도)'를 말차의 거품으로 보는 견해가 있으나, 『다록』이나 『다신전』이 말하고 있는 차는 덖음 녹차이자 산차(散茶)이다. 따라서 '濤(도)'는 차를 우려낸 탕의 의미로 이해해야 한다. 산차가 아니라 가루차의 점다(點茶)를 논하는 『대관다론(大觀茶論)』 등에도 '흰색이 좋다[純白爲上眞]'는 내용이 등장하는데, 이때는 말차의 거품에 대해 말한 것이다.

新泉活火 煮茗玄工 玉茗氷濤 當杯絶技
신 천 활 화 자 명 현 공 옥 명 빙 도 당 배 절 기

신천(新泉)과 활화(活火)는 자명(煮茗)의 현공(玄工)이니, 옥명(玉茗)
(우린) 빙도(氷濤)를 잔에 따름 절묘한 기예라네.

↑ 산수(山水)
↓ 활화(活火)

新泉(신천) 신선한 샘물.

活火(활화) 활활 타는 불.

煮茗(삶을 자, 차싹 명) 차를 우림.

玄工(현공) 현묘한 공장(工匠). 공장(工匠)은 전문 기술인, 곧 장인(匠人).

玉茗(옥명) 비취옥 색깔의 차.

氷濤(빙도) 얼음물같이 맑은 차탕. 옥명이 잘 우려진 차탕.

當杯(마땅 당, 잔 배) '當(당)'은 '~을 맡다, 감당하다'의 의미이며, 당배(當杯)는 찻잔을 맡음의 의미. 찻잔을 맡는다는 것은 차 우리고 따르는 일을 말한다.

絶技(절기) 절묘하고 뛰어난 기예.

해설

이 장(章)은 차의 탕색을 논하는 부분으로, 앞서 잘 우려진 차의 탕색은 남백색, 곧 엷은 녹색 기운이 있는 흰색이라고 말한 바 있다. 여기서는 이런 차탕을 우려내기 위한 전제조건을 열거했는데, 먼저 현묘한 재주를 지닌 공장(工匠)이 필요하다고 했다. 신천(新泉)과 활화(活火)가 그것이니, 신천은 신선한 샘물이요 활화는 연기 없이 활활 타오르는 숯불이다. 아름다운 색으로 우려지는 최고의 차 한 잔은 차를 우리는 사람의 재주에 의해서가 아니라 신천과 활화가 그렇게 한다는 것이니, 이 두 가지가 차 우림의 선결 요건이자 알파와 오메가라는 말이기도 하다. 신천과 활화라는 두 장인이 하는 일은 무엇인가? 옥명(玉茗)을 우려 빙도(氷濤)를 만들어내는 것이다. 이때의 옥명(비취옥 색깔의 다신이 깃든 차)은 차 우리기의 재료이자 차탕의 색을 결정하는 핵심 소재다. 신천과 활화가 이 옥명에서 빙도를 만들어낸다. 이에 그들을 현공(玄工)이라 칭하니, 현묘한 공장이요 설명하기 어려운 기술자라는 말이다. 이들이 옥명에서 빙도(얼음물같이 맑은 차탕)를 우려내니, '당배절기(當杯絶技)'는 잔을 감당하는 그 재주가 참으로 뛰어나다는 말이다.

차탕의 색을 결정하는 3요소로서의 '물, 불, 차'를 강조한 구절이다.

"식물의 잎은 파랗고
동물의 피는 빨간 이유"

1 식물색소

식물 색소는 파장이 긴 적색부 800nm에서 등황색, 황색, 녹색. 청색, 남색을 거쳐 파장이 짧은 자색부 400nm까지의 각 파장을 반사하는 물질을 총칭하는 것이며, 색 물질은 태양의 가시광선 중에서 일부분은 흡수하고 나머지 부분은 반사하거나 통과시키는데, 이것이 우리들의 눈에 색으로 나타나는 것이다.

2 자연색소의 분류

출처: 식품학

분류	특성	색소	존재 식품
식물성 색소	지용성	클로로필	녹색 채소와 과일
		카로티노이드	등황색 녹색 채소와 과일
	수용성	플라보노이드 (안토잔틴, 안토시아닌)	백색. 자색 채소와 과일
		탄닌류	곡류, 채소류(차), 과일류
동물성 색소		헤모글로빈	동물의 혈액
		미오글로빈	동물의 근육 조직

13

味

미

맛

味

味少甘潤爲上苦澁爲下、

五

味以甘潤爲上 苦滯爲下
미 이 감 윤 위 상 고 체 위 하

맛은 달고 매끄러운 것이 상(上)이고, 쓰고 텁텁한 것이 하(下)다.

글자풀이

甘(감) 단맛. ↔ 苦(쓸 고)

潤(젖을 윤) 어떤 사물의 표면이 물에 젖어 윤기가 나는 것을 의미하는 글자
다. 여기서는 차탕을 넘길 때 '매끄럽고 부드럽게 넘어간다'는 의미다. 목 넘
김의 느낌을 말하는 것이어서 엄밀한 의미에서의 맛은 아니다.

滯(막힐 체) 흐르는 물의 중간에 방해물이 있어 막힘을 의미하는 글자다. 여
기서는 차탕을 넘길 때 부드럽게 넘어가지 않고 막히는 느낌, 텁텁한 느낌을
표현한 것이다. 潤(윤)과 반대의 의미이며, 역시 엄밀한 의미에서의 맛에 대
한 설명은 아니다.

해설

이 구절의 '滯(막힐 체)'가 『다록』과 『만보전서』에는 '澁(떫을 삽)'으로 되어 있다.
'삽(澁)'은 명백히 떫은 '맛'을 의미하는 글자여서 대부분의 사람들이 '삽(澁)'이
옳고 '체(滯)'는 오기(誤記)일 것으로 본다. 그러나 '감(甘)'과 '고(苦)'가 '달다/쓰
다'로 대구(對句)를 이루는 것처럼, '윤(潤)'과 더 적절하게 대구를 이루는 글자
는 '체(滯)'다. '윤(潤)'과 '체(滯)'는 차의 '맛'에 대한 형용은 아니지만, 좋은 차와
좋지 않은 차를 구분하는 핵심 기준 중의 하나이다. 목으로 부드럽게 잘 넘
어가지 않는 차는 좋은 차일 수 없다.

한국 다도 고전 茶神傳

"너무 뜨거우면 차 맛이 안 난다."

1 온도와 맛의 상관관계

차 등에서 느껴지는 '맛(味, taste)'이란 혀
의 표면에 있는 미뢰(味蕾)에 연결된 미각
(味覺)신경이 화학적인 자극을 받아 일어
나는 감각이다. 색향미(色香味)는 차의 관
능적(官能的) 특성을 구성하는 요소로 차의
기호적 가치와 밀접한 관계를 가진다. 차
는 고유한 맛의 특성을 가지고 있으며, 차
의 좋은 맛은 풍미(風味)를 증진시킬 뿐만

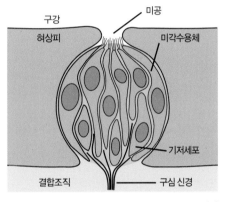

미뢰

아니라 소화 흡수에도 긍정적인 영향을 주므로 차의 품질을 결정하는 중요한 요소가 된다.

　미각(味覺)은 혀뿐만 아니라 입천장, 입술, 뺨의 안쪽 등 입 안의 모든 부분과 인두, 후
두, 후두개까지 포함하는 넓은 부위에서 인식되지만, 맛 성분이 맛 수용체에 의해 감지
되는 기본 맛은 혀에서만 느껴지게 된다. 혀 표면에는 유두가 존재하고, 유두의 밑 부분
에는 여러 가지 미뢰(taste bud)가 분포하며 미뢰는 타원형으로 50개 정도의 맛 세포와 지
지세포로 구성되어 있다. 외부에서 미뢰로 들어가는 입구를 미공이라고 하며, 맛 세포의
위쪽 끝에는 미세융모가 있어 이곳의 세포막에 기본 맛을 인식하는 맛 수용체가 분포되

어 있고, 맛 세포의 밑에 존재하는 신경섬유는 신경절을 통해 중추신경에 연결되어 맛이 전달된다.

우리 혀가 느끼는 음식의 맛은 온도와도 밀접한 관련이 있다. 맛에 대한 온도의 영향은 일정하지는 않으나, 일반적으로 혀의 미각은 10~40℃일 때 잘 느끼고, 특히 30℃ 정도에서 가장 예민해지며, 이 온도에서 멀어지면 미각이 둔해진다. 특히 온도가 증가함에 따라 단맛은 증가하고, 짠맛과 쓴맛은 감소하며, 신맛은 온도 변화에 큰 차이를 보이지 않는다. 옆의 표는 맛의 종류에 따른 최적의 감각 온도를 정리한 것이다.

맛의 종류	최적 온도(℃)
단맛	20~50
짠맛	30~40
신맛	25~50
쓴맛	40~50

2 맛의 종류와 혀의 감각 지도

차의 맛은 관점에 따라 여러 가지로 나눌 수 있으나 가장 기본적인 맛은 단맛(sweet), 짠맛(salty), 신맛(sour), 쓴맛(bitter) 등 네 가지로 나눈다. 그 밖에 떫은맛, 매운맛, 감칠맛, 아린 맛, 금속 맛 등이 있다.

'단맛(sweet taste)'은 일상 식생활과 매우 밀접한 관계가 있으며, 음식에 수산화기가 있으면 달게 느껴지고, 단맛을 내는 모든 물질은 산소나 질소와 같은 전기 음성원자를 함유하고 있다. 이 원자는 하나의 공유결합에 의해 양성을 가진다. 단맛을 내는 성분으로는 포도당·과당·맥아당·젖당·설탕 등의 당류와 에틸렌그리콜·글리세롤·에이스리톨·만니톨·솔비톨 등의 당알코올류, 방향족 아이노산류 등이 있다.

'짠맛(salty taste)'은 생리적으로 매우 중요한 역할을 하는 맛 성분이며, 조리의 가장 기본적인 맛이다. 짠맛 성분은 무기 및 유기 알칼리염으로서 주로 음이온에 의존하고, 양이온은 오히려 쓴맛을 낸다.

'신맛(sour taste)'은 향기를 동반하는 경우가 많으며, 미각의 자극이나 식욕 증진에 필요하다. 신맛 성분에는 무기산과 유기산이 있으며, 신맛은 용액 중에 해리(解離)되어 있는 수소이온과 해리되지 않은 산 분자에서 기인하며, 초산·젖산·호박산·사과산·주석산·구연산 등이 대표적이다.

'쓴맛(bitter taste)'은 일반적으로 맛을 나쁘게 하지만, 쓴맛 성분에는 약리작용을 하는 것이 많으며, 쓴맛이 미량으로 존재하면서 다른 맛 성분과 조화된 약간의 쓴맛은 오히려 차 등의 기호성을 높여주는 작용을 한다. 커피, 코코아, 맥주, 차(茶), 초콜릿 등에 있다.

'쓴맛(bit taste)'은 혀의 뒷부분에서 예민하게 지각되어 비교적 장시간 지속되는 맛이며, 단맛·신맛·짠맛에 비해 가장 감도가 예민하여 맛의 역가(力價)가 상당히 낮다. 식품 중의 쓴맛 성분으로는 크게 알카로이드[alkaloid, 식물체에 들어 있는 염기성 함질소 화합물의 총칭으로 강한 약리작용을 나타냄. 차, 커피, 콜라, 견과. 코코아, 초콜릿], 배당체[glycoside. 밀감, 자몽, 오이의 꼭지부분, 양파껍질], 케톤[ketone. 호프(맥주 원료), 쑥], 무기염류[간수], 단백분해물[치즈, 된장, 젓갈, 막걸리 등 발효식품] 등이 있다.

'감칠맛(savory umami taste)'은 단맛, 짠맛, 신맛, 쓴맛이 잘 조화된 구수한 맛을 표현한 것으로 단일 물질에 의한 맛이 아니라 여러 가지 맛을 내는 성분이 혼합된 것이다. 특히 단백질 식품에 감칠맛이 많이 함유되어 있다.

'떫은맛(astringent taste)'은 혀 표면에 있는 점성 단백질이 일시적으로 변성 응고되어 미각(味覺)신경이 마비됨으로써 일어나는 수렴성(收斂性)의 불쾌한 맛으로, 폴리페놀 물질인 탄닌류가 떫은맛의 대표적인 원인이다. 감, 차, 커피, 맥주, 포도주, 도토리 등에서 나타난다. 떫은맛이 강하면 불쾌하나 약하면 쓴맛에 가깝게 느껴지고, 차의 약한 떫은맛은 다른 맛과 조화되어 독특한 풍미(風味)를 준다.

'매운맛(hot taste)'은 사실 미각(味覺)이 아니며, 구강 내의 신경을 통해 느껴지는 일종의 생리적 통각(痛覺)이다. 일반적으로 매운맛은 향기를 동반하는 경우가 많으며, 두 가지가 합하여 식욕을 촉진시키고 건위 작용을 하며, 적당한 매운맛은 맛에 긴장감을 주고 살균·살충 작용을 돕는다.

'아린맛(acrid taste)'은 쓴맛과 떫은맛이 복합적으로 섞인 불쾌감을 주는 맛으로 죽순, 고사리, 고비, 우엉, 토란, 가지 등의 채소와 산채에서 볼 수 있으며, 식용으로 조리하기 전에 물에 담그는 것은 이 아린맛을 제거하기 위한 과정으로 무기염류, 배당체, 탄닌, 유기산 등에 의한다.

'시원한 맛(cooling taste)'도 중요한 맛 중의 하나로 물질이 코나 입의 조직을 자극하여 느끼는 것이며, 박하에 함유되어 있는 멘톨의 맛이 대표적이다. 당알코올 중 자일리톨, 만나톨 등은 단맛과 함께 시원한 맛도 나타낸다.

맛의 80%는 향으로 느끼며, 혀의 맛 감지는 앞쪽보다 뒤쪽이 쓴맛이 좀 더 느껴지고, 특정 부위가 특정 맛에 민감하지만 명확한 경계가 있는 것은 아니다. 다음은 혀의 부위에 따른 대체적인 미각 지도이다.

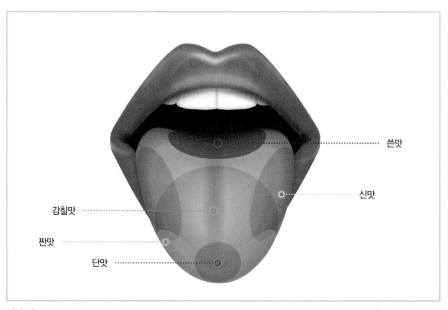

미각 지도

14

點染失眞

점염실진

오염되면
진성(眞性)을 잃는다

點染失眞

茶自有眞香有眞色有眞味一經點染便其
眞如水中着鹹茶中着料碗中着菓皆失眞也

한국 다도 고전 茶神傳

自(스스로 자) '저절로, 몸소' 등을 의미하는 글자로, 여기서는 다른 것의 도움 없이 '(차) 자체로'의 의미다.

해 설

사람들이 차를 즐기는 가장 큰 이유 중의 하나는 차만의 독특하고 빼어난 색향미를 즐기기 위함이다. 이는 차 자체에 이미 스스로 포함되어 있는 것으로, 올바른 제다 및 포법을 지켜야 얻을 수 있고, 반대로 차 자체의 색향미를 저해하는 요소들을 멀리해야 한다.

一經點染 便失其眞

일 경 점 염 편 실 기 진

조금이라도 오염되면 곧장 그 진성을 잃는다.

글자풀이

經 십조(十兆) 경. 10,000,000,000,000.

一經(일경) 10조 분의 1. 눈곱만큼.

點(점 점) 점을 찍다. (점을 찍어) 더럽히다.

染 물들일 염.

點染(점염) 더럽게 물들이다. 오염(汚染)시키다.

便(편할 편) 곧, 문득.

眞(진) 앞 구절에서 말한 차 자체의 '진향, 진색, 진미'를 말함.

해설

차의 예민한 성품에 대한 설명이다. 여기 나오는 '일경(一經)'은 '10조 분의 1'이
라는 말이다. 매우 작은 숫자이니, '아주 조금만, 눈곱만큼만'이라는 말이다.

如水中着醎 茶中着料 碗中着菓 皆失眞也

여 수 중 착 함 다 중 착 료 완 중 착 과 개 실 진 야

가령 물에 소금을 넣거나, 차에 (다른) 향료를 넣거나, 완(碗)에 과일을
담으면, 모두 진성을 잃게 된다.

如(같을 여) 가령, 예컨대.

着(붙을 착) 보충하다, 넣다.

醎(짤 함) 鹹(함)의 속자. 염분(鹽分), 즉 소금.

料(헤아릴 료) 재료(材料). 여기서는 특히 향료(香料)를 말한다.

菓 과일 과, 과자 과.

🫖 해 설

차는 그 자체로 진향, 진색, 진미를 가지고 있는데, 성정이 예민하여 아주 조금만 오염되어도 그 진성을 잃는다고 하였다. 여기서는 그 구체적인 사례를 언급하였다. 먼저 차탕에 소금을 치는 경우가 있는데, 이는 차의 진미(眞味)를 잃게 하는 행위다. 소금은 차 본연의 맛이 아닌 짠맛을 낼뿐더러, 차의 타닌(Tannin) 성분을 중화시켜 독특한 맛을 사라지게 한다. 차에 다른 향을 섞는 것 역시 차 본연의 진향을 해치는 것이 당연하다. 만약 찻그릇에 과즙 따위가 묻어 있다면 불결할뿐더러 차의 진색을 버리게 되고, 향과 맛에도 악영향을 끼친다.

차 본연의 색향미를 지키고 유지하는 것이 음다의 기본 수칙인데, 이를 위해서는 무엇보다 차, 물, 그릇이 조금도 오염되지 않아야 한다. 용봉단차(龍鳳團茶) 등의 제다에서는 그 향을 돕는다는 명목으로 용뇌(龍腦) 등을 첨가하기도 했는데, 이는 진정한 차 본연의 향기를 위한 것은 아니다. 기본적으로 다른 것이 일절 추가되거나 섞이지 않은 차 본연의 색향미를 구현하고 즐기는 것이 진정한 차 생활의 첩경이다.

15

茶變不可用

다변불가용

차가 변하면 쓸 수 없다

茶變不可用

茶始造則靑翠收藏不得其法一變至綠再變
至黃三變至黑四變至白食之則寒胃其至瘠
氣成積.

茶始造則靑翠

다 시 조 즉 청 취

차를 처음 만들면 곧 푸른 비취색이다.

비취색 차

靑翠(청취) 비취옥은 짙은 녹색의 보석으로, 잘 만들어진 녹차의 색도 이와 같다. 앞에 붙은 '靑(청)'은 오늘날의 파랑(blue)이 아니라 녹색(green)을 의미한다.

해 설

이 장(章)에서는 잘못 보관하여 변질된 차를 마시면 안 된다는 내용을 다루고 있는데, 차가 변질되었는지 여부를 가장 쉽게 알아볼 수 있는 방법 중의 하나는 그 색으로 확인하는 것이다. 이를 위해서는 잘 만들어지고 변질되지 않은 차의 본래 색을 알고 있어야 하기 때문에 이 구절이 우선 등장했다.

收藏不得其法 一變至綠 再變至黃
수 장 부 득 기 법 일 변 지 록 재 변 지 황

三變至黑 四變至白
삼 변 지 흑 사 변 지 백

거두어 저장함에 그 (바른) 법을 얻지 못하면, 한 번 변하여 녹색(綠色)
에 이르고, 두 번째 변하여 황색(黃色)에 이르며, 세 번째 변하여 흑색
(黑色)에 이르고, 네 번째 변하여 백색(白色)에 이른다.

황색과 백색으로 변색된 차. 이렇게 변질된 차는 쓸 수 없다[茶變不可用].

한국 다도 고전 茶神傳

收藏(수장) 거두어 저장함.

法(법) 방법, 지켜야 할 원칙.

해 설

찻잎의 본래 색은 연두색 혹은 연초록색이고, 잘 만들어진 차의 처음 색은 비취옥과 같이 맑은 녹색이다. 찻잎의 녹색은 엽록소(클로로필)에 의한 것인데, 채다 및 제다의 과정에서 잎의 조직이 파괴되면 엽록소를 구성하는 색소 효소인 클로로필라아제가 유리(遊離)되어 본연의 색을 잃고 청색 기운이 더해진 청녹색으로 변한다. 클로로필라아제는 또 산성(酸性)에 불안정한데, 공기 중의 산소와 만나 산화가 진행되면서 차는 갈색이 추가된 녹갈색을 띠게 된다. 제다 과정에서 가해지는 열은 단백질과 안정적으로 결합되어 있던 클로로필을 유리시키고, 이에 따라 다시 조직 내부의 산과 반응하여 녹갈색으로 변한다. 이러한 자연적인 변색의 과정을 최소화하기 위해서는 채다 후 재빠르게 찻잎을 찌거나 덖어야 하며, 이렇게 잘 만들어진 차의 색이 비취색이다. 찻잎보다는 짙은 녹색을 띠며, 불가피하게 갈색이 추가되지만 맑고 깨끗하다.

완성된 차는 아무리 잘 건조하였다 하더라도 부득이 변하게 되는데, 가장 먼저 영향을 미치는 것이 찻잎 세포에 포함된 폴리페놀 옥시데이스(oxidase), 즉 산화효소이다. 폴리페놀 옥시데이스를 흔히 갈변(褐變)효소라고도 하는데, 차를 비롯하여 폴리페놀(예컨대 카테킨 등)이 들어있는 사과, 바나나, 배추 등에 흔히 존재한다. 찻잎 속의 이 효소가 습기, 열, 산소 등에 의해 그 작용을 시작하면 차는 점차 갈색, 홍색, 흑색으로 변한다.

찻잎 안의 엽록소는 또 여러 금속에 의해서도 변질된다. 금속제 저장 용기가 차의 색을 변하게 하는 것이다. 폴리페놀은 금속이온 칼슘(Ca)과 마그네슘(Mg)에는 적갈색으로 변하고, 구리(Cu)에는 흑색으로 변한다. 찻잎은 또 습한 곳에 보관하면 자동산화가 일어나 백색으로까지 변질되게 된다.

食之則 寒胃 其至 瘠氣成積
식 지 즉 한 위 기 지 척 기 성 적

이를 먹으면 위를 차게 하는데, 심한 지경에 이르면 수척한 기운이
쌓이게 된다.

글자풀이

食之(식지) 색이 변하는 등 변질된 차를 마심.

寒胃(한위) 위장을 차게 함.

其(기) 『다록』과 『만보전서』에 모두 '甚(심할 심)'으로 되어 있다.

甚至(심지) 심한 데 이름. 심한 지경에 도달함.

瘠 파리할 척

瘠氣(척기) 수척한 기운.

成積(성적) (수척한 기운이) 생겨나고 쌓임.

해 설

변질된 차를 마셨을 때의 해로움을 설명했다. 자동산화로 인하여 흰색으로 변
한 차를 마시면 위를 차게 하고, 위가 차지면 몸에 냉기가 쌓여 병이 생긴다.

16

品泉

품천

샘물의 품평

茶者水之神
水者茶之體

品泉

茶者水之神水者茶之體非真水莫顯其神非
精茶莫窺其体山頂泉清而輕水下泉清而重
石中泉清而甘砂中泉清而冽土中泉淡而白
流於黃石爲佳瀉出靑石無用流動者愈於安
靜員陰者真於陽真原無味真水無香

순천 선암사 석정(石井)

특별히 어려운 글자도 없고 문장 역시 정확한 대구를 이루어서 직역에는 전혀 문제가 없어 보인다. 뜻 역시 복잡할 것이 없어 보이는데, 대체로 차와 물의 관계에서 차는 물에 신령함을 부여하는 존재고, 물은 차의 몸체가 된다는 말이다.

그러나 자세히 들여다보면 이런 해석에는 다소 문제가 있다. 차와 물은 서로 다른 존재이고, 따라서 저마다의 신(神)과 체(體)를 각자 가지고 있을 수밖에 없다. 그런데 물의 신(神)이 차(茶)라면[茶=水之神] 물의 체(體)는 무엇이고, 차의 체(體)가 물이라면[水=茶之體] 차의 신(神)은 무엇인가 하는 문제가 생기는 것이다. 이를 표로 정리해보면 이렇다.

물(水)		차(茶)	
신(神)	체(體)	신(神)	체(體)
차(茶)	?	?	수(水)

이렇게 따져보면 물에는 체(體)가 없고, 차에는 신(神)이 없다는 말이 되어 이 문장의 정확한 의미를 분간하기 어렵게 된다. 물에 체(體)가 없을 리 없고, 차에 신(神)이 없을 수 없기 때문이다. 이 책의 제목부터 『다신(茶神)전』이거니와, 책의 근본 목적이 다신(茶神)을 만나는 방법에 관해 서술하는 것이었음을 상기해보면 이런 결론은 도무지 있을 수 없는 것이다.

그렇다면 어떤 해석이 가능할까? '之(지)'는 한문에서 '가다'의 뜻보다는 '~의'의 뜻으로 더 많이 사용되는 글자이긴 하다. 하지만 명백히 '가다'의 뜻이 있고, 이에서 '~에 가서 도달하다, ~에 가서 만나다'의 뜻으로도 풀이되는 글자다. '之(갈 지)'를 이렇게 보면, '다자수지신(茶者水之神)'은 '차란, 물이 가서 만나는 신이다'로 풀 수 있고, '수자차지체(水者茶之體)'는 '물이란, 차가 가서 얻게 되는 체이다'라는 의미로 풀이할 수 있다. '차=신(神), 물=체(體)'라는 수식이 성립되고, 이는 차와 물이 만나서 이루어진 차탕의 두 구성 요소를 말하는 것이라고 이해할 수 있게 된다. 이를 표로 그려보면 다음과 같다.

차탕(茶湯)	
신(神)	체(體)
차	물

이렇게 해석하면 차와 물의 상관관계가 명쾌해지고, '다신(茶神)'이라는 단어의 뜻과도 정확히 합치된다. 여기서 다신(茶神)이 구체적으로 무엇인가라는 질문이 나올 수 있는데, '수체(水體)'라는 단어와 대비하여 생각해 보면 어렵지 않게 그 답을 얻을 수 있다. 차는 최종적인 차탕의 색향미를 책임지는 존재이니, 다신이란 곧 차의 색향미와 다른 말이 아니다. 반면에 물은 차탕의 구체적이고 형이하학적인 몸체를 구성하는데, 이 물이 없으면 다신 역시 발현될 방법과 터전을 잃게 된다. 물이 차의 다신을 담아내는 몸체가 되고, 차는 물을 만남으로써 구체적인 형상을 얻게 되는 것이다.

차는 완성된 차탕에서 신(神)의 역할을 맡지만, 차 자체도 신(神)과 체(體)로 구성되어 있다. 물 또한 완성된 차탕에서 체(體)의 역할을 맡지만, 물 자체도 신(神)과 체(體)로 구성되어 있다. 차의 체(體)는 대개 그냥 '차'라고 하고, 차의 신(神)은 다신(茶神)이라 한다. 물의 체(體)는 대개 그냥 '물'이라 하고, 물의 신(神)은 수성(水性)이라 한다.

초의선사는 『동다송』 제29송에서도 『다신전』의 이 구절을 인용한 뒤, 자신이 생각하는 다도(茶道)의 알파와 오메가에 대해 이렇게 결론을 내린다.

"채다(採茶)에서의 묘(妙)함과 조다(造茶)에서의 정(精)을 다하고, 진수(眞水)와 우릴 때의 중정(中正)을 얻어서, 체(體)와 신(神)이 서로 어우러지고, 건(建)과 영(靈)이 서로 나란하게 된다면, 다도는 마친 것이다."

여기서도 체(體)와 신(神)은 별개의 존재이자 차탕 안에서 하나로 어우러지는 존재임을 알 수 있고, 다신(茶神)을 건강하게[建] 발현시키고 수체(水體)의 신령함[靈]을 잃지 않도록 중정(中正)을 지키는 것이 다도의 핵심임을 확인할 수 있다. 정차(精茶)에 깃든 것이 다신(茶神)이고, 다신은 건(建)을 특징으로 한다. 진수(眞水)는 차탕에서 체(體)가 되는데, 신령함[靈]을 특징으로 한다. 다신이 신령스럽고 수체가 건강해야 하리라는 일반적인 짐작과는 다소 다른 표현인데, 차와 물이 하나로 어우러지는 것처럼 형이상학과 형이하학이 하나로 통일되는 상황을 표현한 것이라고 이해할 수 있다. 음(陰)과 양(陽)이 서로 다르되 화합하여 하나가 되는 태극(太極)의 원리와 같은 것이다.

이렇게 다도를 형성하는 일련의 요소들과 연관된 주요 개념어들을 다소 범박하게 이분법적으로 나누고 뭉뚱그려 표로 그려보면 이렇게 나타낼 수 있다.

차탕(茶湯)	
정차(精茶)	진수(眞水)
다신(茶神)	수체(水體)
차의 성분	차의 효능
건(建)	영(靈)
다도(茶道)	

결론적으로, 정차(精茶)의 다신(茶神)은 물과 만나는 과정에서 중정(中正)을 통해 건(建)해지고, 진수(眞水)의 수체(水體)는 차와 만나는 과정에서 역시 중정(中正)을 통해 영(靈)해진다.

일지암의 새로 만든 유천

非眞水 莫顯其神 非精茶 莫窺其体
비 진 수 막 현 기 신 비 정 차 막 규 기 체

진수(眞水)가 아니면 그 신[茶神]을 드러낼 수 없고, 정차(精茶)가 아니면 그 체[水體]를 엿볼 수 없다.

글자풀이

莫(없을 막) 없다, 아니다, ~하지 말라.

顯(나타날 현) 드러나다, 드러내다.

窺 엿볼 규

해설

앞서 물은 체(體)의 역할을 하고 차는 신(神)의 역할을 한다고 했는데, 이 구절은 그에 대한 추가 설명이자 반복을 통한 강조다. 찻일에서 물은 차 못지않게 중요한 요소라고 강조했거니와, 물이 진수(眞水)가 아니면 다신(茶神)을 드러낼 수 없는 것은 당연하다. 반대로, 차 역시 정차(精茶)가 아니면 물의 신령한 체(體)를 볼 수 없음이 당연하다.

이번 장(章)은 찻자리에서 사용하는 '물'에 대한 설명 부분이므로, 이제부터 진수(眞水)가 무엇인지 구체적으로 논의하게 될 것임을 짐작할 수 있다. 반면에 정차(精茶)에 대해서는 이미 앞에서 설명을 마쳤으니, 찻잎 따는 시기를 잘 맞추고, 불 조절을 알맞게 하는 등 정성(精誠)을 다하여 정밀(精密)하게 만든 차가 곧 정차(精茶)이다.

山頂泉 淸而輕 水下泉 淸而重

산 정 천 청 이 경 수 하 천 청 이 중

산 정수리 샘물은 맑고 가벼우며, 강 아래 샘물은 맑더라도 무겁다.

산정천

淸(맑을 청) 보기에 맑고 깨끗하다는 의미. 고형분이 없는 물.

輕重(경중) 물속에 포함된 무기물 함량의 적고 많음을 나타낸다.

水下泉(수하천) 『다신전』과 『만보전서』에는 '水下泉(수하천)'으로 되어 있고, 『다록』에는 '山下泉(산하천)'으로 되어 있다. '수하천'은 대체로 강물보다 깊은 곳에서 퍼낸 샘물이라는 뜻이고, 강물의 표면은 과학적으로 해발(海拔) 0m는 아니지만 실생활에서는 흔히 해발 0m와 같은 것으로 치부한다. 『다록』에 근거하여 '山下泉(산하천)'으로 보면 '산 아래 샘물'이 되고, 앞 구절의 '산정천(山頂泉)'과 정확히 대비되는 장점이 있다. 그러나 '수하천(水下泉)'으로 보더라도 크게 문제가 되는 것은 아니다.

而(말 이을 이) '그리고(and)'의 뜻으로도 쓰고 '그러나(but)'의 뜻으로도 쓴다.

해 설

이제부터 '진수(眞水)', 즉 좋은 찻물의 조건에 대한 설명이 시작된다. 먼저 샘의 위치에 대한 판별이다. 산 정상의 샘물은 맑고 가볍지만 낮은 지대의 샘물은 맑더라도 무겁다고 하여 산 정상의 샘물이 상대적으로 더 좋다고 하였다. 환경오염이 심각해진 오늘날에는 이런 말이 아무런 의문을 일으키지 않는다. 오염원(민가나 공장, 도로 등)에서 멀리 떨어진 깊은 산골의 물이 상대적으로 더 깨끗하고 좋을 것은 불문가지의 일이다. 하지만 오염원 문제가 거의 없던 시대에도 높은 지대의 물과 저지대의 물은 구별해서 사용했음을 이 구절을 통해 확인할 수 있다.

산중의 샘물이 '맑고 가볍다'는 말은 보기에도 맑고 깨끗한 동시에 무기물 함량도 상대적으로 더 적다는 의미다. 반대로 저지대 샘물이 '맑더라도 무겁다'는 말은 비록 눈에 보기에는 맑고 깨끗하더라도 상대적으로 무기물 함량이 많다는 의미다.

"우물물을 강물보다 아래에 둔 이유"

1 고지대 샘물과 저지대 샘물

지구상의 물 대부분(97.33%)은 바닷물이다. 나머지 민물 가운데 약 69%는 빙하와 만년설 등이 차지하고 있고, 이를 제외한 민물의 약 30% 정도가 지하수, 1% 정도가 지표수다. 눈에 보이는 강, 늪, 호수 등의 민물보다 30배 정도 많은 지하수가 존재하는 것이다.

눈이나 비로 지면에 떨어진 물은 대부분 지하로 스며드는데, 우리가 그냥 '흙'이라고 부르는 부분은 위에서부터 아래로 '지표면, 토양, 통기대'의 순으로 구성되어 있다. 통기대(通氣帶)라는 말은 이 부분의 흙이나 암석 사이 공간이 공기로 채워져 있다는 의미다. 이 구간을 천천히 통과하는 사이에 물은 자연적으로 정화된다. 통기대에도 물론 수분이 포함되어 있지만 매우 소량이다. 따라서 아무 곳이나 구덩이를 판다고 물이

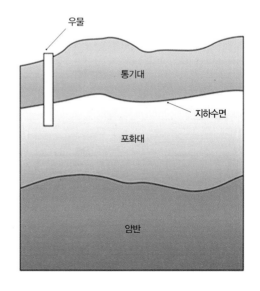

나오지는 않는다.

통기대 밑에 지하수층이 있는데, 이 지하수층의 밑부분은 암반이어서 물이 더 이상 아래로 스며들지 못한다. 하지만 간혹 암반에도 균열 등에 의해 생긴 공간이 있을 수 있고, 이런 곳에 고인 물을 암반수라고 한다. 오염의 걱정이 적어 일반적인 지하수보다 더 깨끗한 물로 여겨진다.

통기대와 암반 사이에 존재하는 지하수층의 흙과 암석 사이 공간에 물이 고이게 되는데, 물이 포화상태로 고이게 되기 때문에 일명 포화대라고도 한다. 이 층의 지하수도 중력의 영향을 받아 빈 공간을 따라 계속 아래쪽으로 이동하게 된다. 물론 흙이나 암석 사이로 흐르는 것이어서 그 속도는 매우 느리고, 강수량이나 포화대의 구성성분 등에 따라 이동 속도가 달라진다.

지하수는 그 상층부의 통기대로부터 압력을 받는데, 통기대 가운데 빈 공간이 생기면 이 압력에 의해 물이 지표면으로 솟아오르게 된다. 이것이 자연적인 샘물이다. 반면에 우물은 통기대 아래의 지하수층까지 인위적으로 빈 공간을 만들어 물이 고이게 하고 이를 퍼내 사용하는 샘물이다.

간혹 통기대가 매우 얇아서 지하수층의 최상층인 지하수면과 지표면이 만나게 되기도 하는데, 여기에 생기는 것이 호수다. 큰 강물이나 늪 역시 지하수면과 지표면이 만나는 곳에 존재한다.

고지대의 자연적인 샘물은 맑고 깨끗한 지하수가 통기대의 빈틈을 통해 용출되는 것이다. 이렇게 고지대에서 물이 솟을 정도로 통기대에 빈틈이 존재하기 위해서는 지표의 구성성분이 너무 미세한 흙이 아니라 모래나 자갈, 바위틈 등일 경우가 많다. 따라서 토양에 의한 오염의 염려가 적고, 지표면을 오래 흐르지 않은 샘물 자체라면 빗물 등과 섞일 우려도 없다. 반면에 저지대에서 용출되는 물은 통기대의 층이 얇고 암석이나 모래보다는 미세한 흙이 많으므로 용출 과정에서 무기물이 상대적으로 다량 섞이기 쉽다. 통기대의 층이 얇으면 빗물이 깊이 스며들지 못하고 다시 용출되기 때문에 정화의 정도에서

도 취약할 수밖에 없다.

　지하수를 비롯한 모든 물에는 무기물(無機物) 성분이 포함되어 있는데, 어떤 지형이나 지질에서 용출되는지의 여부, 강수량의 많고 적음 등에 따라 차이가 생긴다. 철(Fe), 칼슘(Ca), 마그네슘(Mg), 망간(Mn) 등이 물속에 포함되는 대표적인 무기물이며, 이런 성분들의 함량이 높은 물은 찻물로 좋은 물일 수 없다.

石中泉 清而甘 砂中泉 清而冽 土中泉 淡而白

석 중 천 청 이 감 사 중 천 청 이 렬 토 중 천 담 이 백

돌 틈에서 나는 샘물은 맑고 달다. 모래 중의 샘물은 맑고 차다. 흙 중의 샘물은 담백(淡白)하다.

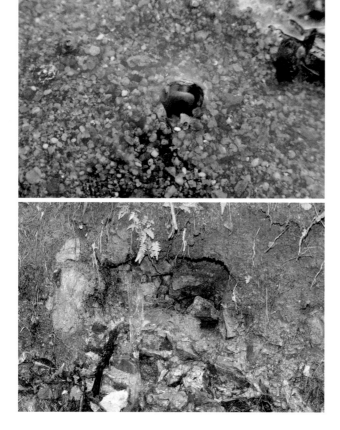

↑ 사중천
↓ 토중천

204   한국 다도 고전 茶神傳

洌 찰 렬(열).

淡 묽을 담.

해 설

물은 이동하는 동안에 다양한 물질들을 녹이고 받아들인다. 당연히 흙이나 암석 따위를 통과하는 동안에도 그 구성성분의 일부를 녹여서 수용한다. 따라서 어떤 성분이 많은 지역의 물인가에 따라 물의 혼탁도나 구성성분이 달라지고 물맛도 달라진다.

여기서는 찻물로 사용이 가능한 세 가지 물 종류를 열거하고 있는데, 모두 지하수라는 공통점이 있다. 같은 지하수라도 어떤 지형을 통과한 물이냐에 따라 그 성질이 다르다고 했다. 바위틈에서 솟는 석간수는 상대적으로 용해가 쉽지 않은 단단한 바위를 뚫고 나온 것이기에 물속에 무기물 등이 가장 적게 수용된 물이므로 물 본연의 성질을 그대로 가지고 있다. 이런 물은 우선 맑다고 했는데, 맑은 것은 이물질이 포함되지 않았기 때문이다. 또 그 맛이 달다고 했는데, 이때의 단맛은 당분과는 무관하고, 오히려 불쾌한 맛을 내는 다른 성분이 들어있지 않다는 의미다. 무기염 비중이 높은 물에서는 종종 찝찔한 맛, 알칼리성의 씁쓸한 맛, 흙내 등이 나기도 한다. 이런 맛과 냄새가 없는 물의 맛을 달다고 한 것이다.

모래 틈에서 솟는 물 역시 맑은 것은 오염되지 않았기 때문이며, 모래는 최고의 천연 필터 역할을 하여 물을 정화한다. 지하에서 용출된 물이므로 통상적인 지표수보다 차가운데, 이는 광천수나 다른 석간수도 마찬가지다. 그런데 여기서 굳이 물의 온도를 언급한 데에는 이유가 있는 것으로 보인다. 물의 맛은 기본적으로 그 물속에 함유된 다양한 성분들에 영향을 받는데, 이보다 훨씬 더 크게 물맛을 좌우하는 것이 사실 온도다. 같은 물이라도 상온의 물보다 냉장고에 넣어둔 물이 훨씬 맛있게 느껴진다. 깨끗하다고 이름난 값

비싼 생수를 상온에서 마시는 것보다 일반 수돗물을 냉장고에 식혀서 마실 때 훨씬 물맛이 좋게 느껴지는 것도 온도 때문이다. 차탕의 온도 역시 그 맛에 매우 큰 영향을 미칠 것은 당연한 일이다.

흙을 뚫고 솟는 샘물의 경우 석간수나 사중천의 샘물에 비하여 미생물 등에 의한 오염의 위험도가 높다. 무기염 성분이 녹아들 가능성도 상대적으로 높다. 하지만 깨끗한 흙 사이로 솟는 물은 맑고 희다고 했다. 맑다는 의미의 '담(淡)'은 앞서 나온 '청(淸)'과 같은 말이고, 흰색을 말하는 '백(白)'은 투명하다는 말이다. 순수에 가까운 물은 가시광선을 반사하지 않기 때문에 투명하게 보인다.

이 구절에서 언급된 좋은 물의 조건은 '맑고, 차갑고, 냄새나 맛이 없고, 투명할 것' 등이다.

"우리 몸이 물이라서 좋은 이유"

1 만능 용매의 장단점

물을 흔히 '만능 용매(溶媒)'라고도 하는데, 어떤 물질이든 잘 녹이고 수용하며 물질들의 화학 반응이 쉽게 일어날 수 있는 환경을 물이 조성해준다는 의미다. 여기에는 장단점이 동시에 있다.

우선 우리 몸과 같은 생명체에서는 필요한 구성 물질을 흡수하거나 만들어내고, 필요한 에너지를 생성하며, 노폐물을 처리하는 과정에서 수없이 다양한 화학 반응이 일어날 수 있도록 만들어준다. 이런 역할은 주로 우리 몸의 세포 가운데 세포액이라는 부분에서 담당하는데, 그 주성분이 물(H_2O)이다. 인체의 신비한 능력 가운데 상당수가 우리 몸의 70%를 차지한다는 물 덕분인 셈이다. 물의 이처럼 독특한 화학적 특성은 실생활에도 많이 활용된다. 예컨대 음식물을 깨끗하고 쉽게 소화될 수 있도록 조리하는 데에도 물은 필수다. 우리의 주식인 쌀은 사실 녹말이 분자 수준에서 단단히 뭉쳐진 것인데, 이런 상태로는 섭취도 어렵고 소화도 어렵다. 그런데 여기에 물을 붓고 높은 열을 가하면, 물 분자들

물의 분자 구조

이 활발히 움직여 녹말 분자들 사이로 스며들게 된다. 이로써 소화가 가능한 형태로 녹말 분자들의 결합이 느슨해진다. 밥에 뜸을 들이는 이유는 물 분자가 녹말 분자 사이로 충분히 스며들기 위해서는 상당한 시간이 필요하기 때문이다.

만능 용매의 성질을 갖기 때문에 물은 쉽게 오염이 되기도 한다. 물에 칼슘과 같은 이온이 많이 녹아있으면 비누가 잘 풀리지 않는 센물이 되어 식용으로 쓸 수 없다. 물은 미생물에게도 좋은 서식처가 되며, 콜레라와 같은 수인성 전염병을 옮기기도 한다.

한편, 대부분의 물질은 액체 상태일 때보다 고체 상태일 때의 밀도가 높아서 그 부피는 작아지는 것이 보통이다. 하지만 물은 반대다. 고체가 되면 밀도가 낮아지고 부피가 커진다. 그래서 겨울에 언 독이 깨지고 수도관이 파열된다. 물은 또 다른 액체에 비해 상대적으로 매우 높은 열을 받아야 액체 상태에서 기체로 증발하며, 어느 정도 온도가 높아져도 밀도나 부피의 변화가 일어나지 않는다. 만약 우리 몸이 물이 아닌 다른 액체, 예컨대 수은 따위로 되어 있다면 더운 여름이나 추운 겨울을 견딜 수 없다.

流於黃石爲佳 瀉出靑石無用

유 어 황 석 위 가 사 출 청 석 무 용

황석에서 흘러나온 것은 좋고 청석에서 쏟아져 나온 것은 쓸 수 없다.

황석을 뚫고 나오는 석간수

글자풀이

於(어조사 어) ~에서.

瀉 쏟을 사.

 해설

앞 구절에서 지하수 중 석간수(석중천)를 첫손에 꼽았는데, 여기서 다시 부연
했다. 같은 석간수라도 황색 바위틈에서 나오는 물은 좋지만 청색 바위틈에
서 나오는 물은 쓸 수 없다고 한다. 여기 등장하는 황석(黃石)과 청석(靑石)을
오늘날의 암석 분류법에 따라 정확히 구별하기는 어렵다. 그러나 옛사람들이
일반적으로 부르던 황석과 청석의 차이는 분명히 존재한다.

먼저 황석(黃石)은 황색을 띤 돌이라는 말이자 방해석(方解石)을 부르는 이름이
다. 방해석은 천연적으로 나는 탄산칼슘의 결정으로, 순수한 것은 무색투명
하여 유리 광택을 낸다. 한의학에서는 이 돌을 한약재로 활용한다. 맛은 쓰
고 매우며 성질이 차다. 위열(胃熱)을 말끔히 없애고 황달을 치료하며 혈맥이
통하게 하는 것으로 알려져 있다. 이런 암석 사이로 솟구친 물이라면 당연히
좋은 물이 될 것이다.

청석(靑石)은 문자 그대로 푸른 돌인데, 푸른빛을 띤 응회암(凝灰巖)을 지칭하
는 용어이기도 하다. 응회암은 화산재가 쌓여서 굳어진 퇴적암의 일종이며,
오늘날에는 시멘트의 원료가 되는 암석이다. 그밖에 실내 장식이나 건물의
외부 장식에도 많이 사용된다. 석탄이 많이 나는 지역에 주로 분포하며, 독
성을 띠는 광물이라고 할 수 있다. 하지만 응회암이 모두 청색을 띠는 것은
아니다. 응회암이 변성되면 녹니편암(綠泥片岩)이 되는데, 녹니편암은 청색을
띤다. 유사한 암석에 점판암(粘板岩)이 있으며, 이 돌은 얇은 판 모양으로 쪼
개지는 것이 특징이다. 강원도 산간 등에서는 이 돌을 이용해 지붕을 잇기도
하는데, 그런 집을 '청석(靑石)집'이라 부른다. 오늘날 정원의 인도(人道) 등에
얇게 까는 짙은 청색의 박판(薄板) 돌을 생각하면 된다.

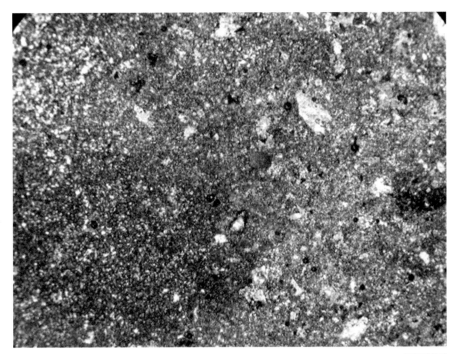

응회암(청석)

일반적으로 광물 색의 밝기는 철(Fe)과 마그네슘(Mg)의 비율에 따라 달라지는데, 철과 마그네슘이 적으면 밝은색을 나타내고 이들 성분이 많으면 어두운색을 띤다. 퇴적암의 일종인 청석은 화산재 외에도 지표 근처에 쌓인 퇴적물이 유수, 바람 등에 의해 운반되어 형성된 암석이며, 따라서 나트륨, 칼슘, 마그네슘, 탄산염, 탄소, 황, 철 등이 많이 침전되어 있다. 이런 돌 사이로 나오는 물은 당연히 좋은 찻물이 되지 못한다.

流動者 愈於安靜 負陰者 眞於陽
유 동 자 유 어 안 정 부 음 자 진 어 양

흘러 움직이는 것이 가만히 고인 것보다 낫고, 응달 아래의 것이 양지
의 것보다 참되다.

오대산 상원사 계곡의 물

한국 다도 고전 茶神傳

愈 나을 유.

負 질 부. 등에 '지다'의 의미.

해 설

흐르는 물이 고여있는 물보다 좋고, 그늘진 곳의 물이 양지의 물보다 좋다는 말이다. 물의 온도가 낮으면 물속의 용존산소량이 많아지므로 응달의 물이 양달의 물보다 좋다고 하였다.

사람이 마시기에 적합한 물은 무색투명하고 무취여야 하며 특히 세균이 없는 순수한 상태여야 한다. 또 석회질, 마그네슘, 인, 탄산 등이 고른 수준으로 아주 낮게 포함된 '연성'을 띠어야 하며, 산소가 많이 함유되어 있어야 한다.

"공짜라면 양잿물도 마신다?"

1 경수와 연수, 산성과 염기성

물에 가장 흔히 포함된 이온은 칼슘과 마그네슘 이온이다. 물에 녹아있는 칼슘과 마그네슘 이온의 농도를 측정하여 270ppm(mg/L)을 초과하면 경수(센물, hard water)라 하고, 60ppm 이하가 되는 물은 연수(단물, soft water)라 한다. 마시는 물의 기준은 약 300ppm 이하이며, 찻물의 경우 이온 농도가 낮을수록 좋다. 유럽 등 석회암 지대에서 나오는 물은 이온 농도가 높은 것이 일반적이다.

칼슘과 마그네슘 이온의 농도 외에 수소 이온의 양에 따라서도 물을 산성(酸性)과 알칼리성(염기성)으로 구분한다. 산(酸)은 물에 용해되면 수소 이온을 내어 산성 반응을 일으키는 물질로, 신맛이 나는 식초나 과일과 사이다 등의 탄산음료에 흔히 들어있다. 신김치에도 산이 들어있고, 벌이나 개미 등의 독에도 이 산이 들어있다. 산성이 강한 용액의 대표로 금속까지 녹이는 황산이나 염산이 있다. 염기(鹽基)는 수산화나트륨(NaOH)이 나타내는 성질로, 촉감은 미끌거리고 맛이 있는 경우 쓴맛을 내며, 단백질을 녹이는 성질이 있다. 옛날 빨래를 하는 데 이용하던 '잿물'은 콩깍지나 짚을 태운 재를 물에 우려낸 것으로, 서양에서 가성소다(수산화나트륨) 녹인 용액이 들어오자 서양에서 온 잿물이라는 의미에서 '양잿물'이라고 불렀다. 우리 몸을 구성하는 단백질을 녹이기 때문에 마시면 죽는다. 오늘날 누구나 사용하는 비누에도 수산화나트륨이 들어있어서 만지면 미끌거린다.

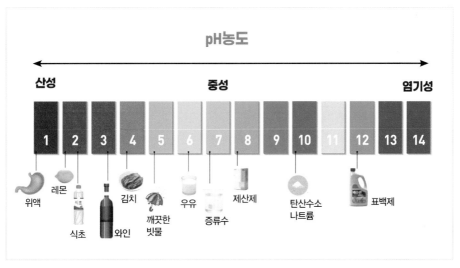

PH 농도 수치표와 예시

제빵에서 반죽을 부풀리기 위해 사용하는 소다는 탄산수소나트륨이라는 물질로 만들며, 이 역시 염기성이어서 소다 자체의 맛은 쓰다. 벌이나 모기 등 해충의 독은 산성이어서 그 물린 곳에 바르는 약에는 수산화나트륨 성분이 포함된다. 또 머리카락 등이 하수구에 막힐 경우 사용하는 용액도 알칼리성 액체인데, 머리카락 등은 단백질이어서 이 용액에 녹게 된다.

특정 용액의 산도(酸度)는 보통 pH 수치로 나타내는데, 이 수치가 7보다 적으면 산성, 높으면 알칼리성으로 구분한다. 음용수로 적합한 산도의 pH는 5.8~8.5 사이이다.

眞原無味 眞水無香

진원무미 진수무향

참된 수원(水源)은 맛이 없고 진수(眞水)는 향이 없다.

글자풀이

原(근원 원)『다록』에는 '源(근원 원)'으로 되어 있다. 물의 수원지.

해 설

참된 수원(水源)에 맛이 없다는 말은 좋은 수원지의 물은 색향미가 없다는 말과 같다. 진수(眞水)에 향이 없다는 말도 같은 말이다. 무색, 무취, 무미의 물이라야 좋은 찻물이 될 수 있다.
초의선사는『동다송』에서 찻물의 여덟 가지 조건으로 "가볍고, 맑고, 차고, 부드럽고, 아름답고, 냄새가 없고, 비위에 맞고, 탈이 없을 것"을 열거하였다.

17

井水不宜茶

정수불의차

우물물은 차에 적당치 않다

井水不宜茶

茶經云山水^{江水}上_下井水最下矣第一方不近山
卒無泉水惟當春積梅雨其味甘和万長養萬
物之水雪水雖清^性感重用寒入脾胃不宜多
積

茶經云 山水上 江水下 井水最下矣
다 경 운 산 수 상 강 수 하 정 수 최 하 의

『다경』에서 말하기를, "산의 물이 좋고 강물이 그다음이며 우물물은 최하이다"라고 하였다.

 글자풀이

茶經(다경) 당나라 사람 육우(陸羽)가 760년경에 저술한 다도(茶道)의 고전.

해 설

이 장(章)의 핵심 내용은 '좋은 찻물을 구하기 어려울 때의 대처법'에 대한 것이다. 육우의 경우 산수와 강수를 좋은 물로 치고 우물물은 좋지 않다고 하였는데, 좋은 산수나 강수를 얻기 어려울 때 어떻게 할 것인가의 문제가 핵심 주제다. 그 구체적인 대안의 하나로 뒤에서 '매실 익는 계절의 빗물인 매우(梅雨)를 받아 양생하여 사용하라'고 말하고 있다. 이런 대안을 제시하기 위해 우선 어떤 물이 좋은 찻물인가에 대해 언급하되, 육우의『다경』에 나오는 구절을 약간 변형하여 인용했다.『다경』의 원문은 '산수상(山水上) 강수중(江水中) 정수하(井水下)'이다. 덧붙여 다음과 같은 내용이 부연되어 있다.

"산에서 나는 물은 유천(乳泉)이나 석지(石池)에서 천천히 흐르는 것이 좋으니, 거칠게 솟아 급히 흐르는 물은 먹지 말라. 오래 마시면 사람에게 목병이 생긴다. 또 산에 다른 줄기로 떨어져 따로 흐르는 물은 비록 맑더라도 갇혀서 제대로 흐르지 않으므로 (중략) 그 안에 독이 쌓일 수 있다. (중략) 강물은 인가에서 멀리 떨어진 것을 취하고, 우물물은 많은 이들이 떠가는 것을 취하라."

이상의 설명에 대하여, 깊은 산중에서 자연적으로 솟는 샘물이 가장 좋다는 말은 오늘날의 사람들이라도 누구나 쉽게 수긍할 수 있을 것이다. 오늘날과 같은 오염의 문제를 떠나서 보더라도, 깊은 산중의 석간수는 깨끗한 바위를 뚫고 솟아나니 무기물 함량이 적고, 그늘진 숲을 지나는 동안 공기 중의 산소를 용해시켜 용존산소량(溶存酸素量)이 높아진 물이기 때문이다.

그렇다면 우물물은 왜 문제일까? 우선 고인 물이기 때문이다. 앞에서도 고인 물보다 흐르는 물이 더 좋다고 했거니

산속의 물

와, 고인 물은 반드시 썩게 마련이다. 그러므로 육우도 '같은 우물물이라도 많이 사용하여 새 물이 계속 고이는 경우에는 찻물로 사용할 수 있다'고 말하는 것이다. 우물은 또 인간이 인위적으로 땅을 파서 물이 고이도록 만든 시설로, 암반이 아니라 흙으로 이루어진 땅을 파서 만들게 된다. 그런데 이런 지역의 지하수에는 철, 칼슘, 마그네슘, 나트륨, 칼륨, 불소, 망간, 탄산, 유황 등의 무기물(無機物)이 많은 것이 보통이고, 이는 차맛을 해치는 원인이 된다. 차의 타닌(tannin)은 금속이온과 결합하면 성분이 변하는데, 칼슘은 떫은맛과 쓴맛이 나게 하고, 마그네슘은 차탕을 적갈색으로 변하게 하며, 망간도 쓴맛을 내게 한다. 따라서 우물물은 찻물로 적당치 않다는 것이다. 반면에 강수, 특히 인가에서 먼 강수는 산수가 연장된 것이어서 우물물보다는 낫다고 한다. 오늘날의 관점에서 보자면 강물이나 냇물은 오염이 심한 물이자 생화학적 산소요구량(生化學的酸素要求量), 즉 BOD(Biochemical oxygen demand)가 높아 사용 불가능한 물이다.

"생수라고 다같은 생수가 아니다."

1 연수(단물)와 경수(센물)

수돗물 대신 유원지의 냇물 등을 이용하여 샤워나 빨래를 할 때 비누가 잘 풀리지 않는 경험을 해본 적이 있을 것이다. 이런 물의 특징은 그 내부에 칼슘, 마그네슘, 철 등 무기물 성분이 상대적으로 많다는 것이다. 특히 칼슘과 마그네슘 이온이 많은 이런 물을 경수(硬水, 센물)라고 하며, 빨래나 공업용수로 이용하기에 적절치 않다. 반대로 무기물이 적은 물을 연수(軟水, 단물)라고 하며, 찻물로 적당한 것도 이 연수다.

경수를 오래 많이 마실 경우 건강을 해친다는 견해도 있지만, 세계보건기구(WHO)는 근거가 없는 주장이라고 밝히기도 했다. 센물이 오히려 인체에 꼭 필요한 칼슘 및 마그네슘을 공급하는 역할을 하기도 한다는 것이다. 하지만 과다한 칼슘과 마그네슘의 함유에 대한 우려는 계속 제기되어 왔으며, WHO는 음용수의 기준으로 칼슘은 40~80ppm, 마그네슘은 20~30ppm을 권고하였다. 수돗물의 수질 기준에서는 경도(硬度)를 300ppm 이하로 정하고 있다. 미네랄(무기물) 성분의 함량이 물 1ℓ당 300㎎ 이하여야 한다는 의미다.

그런데 센물은 일반적으로 다양한 미네랄 성분의 혼합체다. 따라서 단일한 측정 기준은 없으며, WHO는 경도에 큰 영향을 미치는 탄산칼슘($CaCO_3$)의 함량을 기준으로 센물의 정도를 구분하고 있다. 이에 따르면 탄산칼슘의 함량이 0~60ppm인 물이 단물이며, 그 이상이면 센물로 분류한다. 센물 중에서도 탄산칼슘의 함량이 61~120ppm인 물은 약한 센물, 121~180ppm인 물은 센물, 181ppm 이상인 물은 매우센물로 나눈다. 단물과 센물은 기본적으로 그 안에 무기물(미네랄)이 얼마나 포함되어 있느냐에 따라 결정되는데, 이런 무기물은 주로 지상이나 지하의 광물 등에서 물에 용해되는 것이다. 따라서 물의 경도는 땅속의 지질에 의해서 결정된다고 할 수 있다. 경도에 특히 많은 영향을 미치는 원소가 칼슘과 마그네슘인데, 칼슘은 지각을 구성하는 원소 가운데 5번째, 마그네슘은 8번째로 많은 원소다. 자연계의 어떤 물도 칼슘이나 마그네슘이 전혀 없을 수는 없는 셈이다.

2 시판 생수의 경도 계산법

일반인은 물론 많은 차인들도 차를 우릴 때 시중에서 판매되는 생수를 이용하고 있다. 그런데 이들 생수병에는 경도가 별도로 표시되어 있지 않아 그 수치를 직관적으로 확인할 수는 없다. 물론 먹는 물의 법정 기준치(300ppm) 이하로 유지되고 있을 것은 확실하지만, 정확히 얼마인지는 알 수 없는 것이다. 하지만 생수병에는 다행히 '칼슘, 나트륨, 칼륨, 마그네슘, 불소'의 5가지 함량이 mg/L 단위로 반드시 표기하도록 정해져 있다. 따라서 대강의 경도는 계산할 수 있으며, 특히 문제가 되는 칼슘과 마그네슘의 함량을 이용하여 그 대강의 경도를 알아볼 수 있다. 이를 위해 필요한 공식은 다음과 같다. 이 계산식을 활용하여 각 생수의 경도를 대략 파악할 수 있으므로 상대적으로 경도가 더 낮은 물을 찾을 수도 있다.

(칼슘 함량×2.5) + (마그네슘 함량×4) = (대략의) 경도

3 시판 생수의 무기물(Mineral) 현황

다음은 국내에서 판매되고 있는 주요 생수의 무기물 함량 현황표이다. 경도 계산을 위한 참고자료가 될 수 있어 소개한다(생수명 생략).

단위 : mg/L

순번	상품	무기물질 함량					취수원
		칼슘(Ca)	마그네슘(Mg)	나트륨(Na)	칼륨(K)	불소(F)	
1	"ㅁ"	10.7~11.8	0.0~0.8	3.6~4.6	0.0~1.1	0.0~0.2	경남 산청
2	"ㅁ"	10.2~15.5	1.5~2.4	6.0~9.2	0.4~0.6	0.0~0.3	경기 포천
3	"ㅂ"	3.0~5.8	2.1~5.4	4.0~5.3	1.4~5.3	0~10	백두산 760m
4	"ㅅ"	2.5~4.0	1.7~3.4	4.0~7.2	1.5~3.4	불검출	제주시 조천
5	"ㅍ"	15.10~16.20	2.30~2.50	6.20~6.30	0.60~0.70	0.10~0.50	강원 평창
6	"ㅍ"	9.7~14.7	1.3~2.1	5.2~8.0	0.3~0.6	0.0~0.2	경기도 포천
7	"ㅊ"	16.5~21.4	0.2~0.4	11.5~21.4	0.3~0.4	0.4~0.8	전북 순창
8	"ㅅ"	3.2~21.4	0.6~1.2	2.0~12.0	03~2.4	0.0~0.3	경남 하동
9	"ㅈ"	3.2~21.4	0.2~1.2	2.0~12.0	0.3~2.4	0.0~0.3	경남 하동

국내에서 생산 판매되는 생수들의 수원지는 60여 군데이며, 상품은 300여 종류이고, 대부분 암반수다. 빗물이 지하로 스며들어 암석과 지질을 통과한 결과로 암반층의 종류에 따라 생수병에 표시된 칼슘(Ca), 마그네슘(Mg), 나트륨(Na), 칼륨(K), 불소(F) 함량이 다르며, 차의 성분 변화에 가장 큰 영향을 미치는 것은 이들 다섯 가지 무기물 중에서도 칼슘(Ca)과 마그네슘(Mg)이다.

4. 전국 주요 약수(찻물)의 경도 비교

다음은 필자가 직접 조사한 주요 전국 주요 샘물들의 경도 측정치다. 같은 샘물이라도 언제 측정하는가에 따라 약간의 차이가 있을 수 있다.

지역	위치	ppm	비고
대구	남지장사	20	
	앞산 케이블카 약수터	20	
	대림생수(금복주)	190	지하 170m 맥반석 생수
	팔공산 파계사	25	
	팔공사 성전암	16	
	팔공산 부인사	15	
	팔공산 수태골	14	
	팔공산 갓바위 용왕당	15	
	팔공산 심천 랜드	110	게르마늄
부산	금정산 범어사	10	
	동래구 망월산 전등사	40	
경북 청도	운문사 감로수	16	
	사리암 약수터	16	
	용천사 용천(湧泉)	65	비슬산
경북 영천	보현산 보현사	16	약명수(藥命水)
	치산계곡	20	
	보현3리 거동사 계곡	21	
	고경면 황수탕	2,300	철, 유황 성분
경북 경주	불국사 감로수	15	
	석굴암 감로수	15	
	함월산 기린사	20	
	남산 용장골 계곡	15	

지역	위치	ppm	비고
경북 의성	금성 공룡 봉황수	724	게르마늄
경북 김천	직지사	11	
경북 청송	달기 약수탕	1,257	철 성분 2.46~9.3mg/L (지표수 0.163mg/L)
	신촌 약수탕	874	철, 탄산, 망간, 불소, 알루미늄
경남 하동	화개천 (차문화센터 앞)	16	
	쌍계사	10	
	불일폭포	10	
	용강리 보리암 다원	10	
	호동골	10	
	칠불사	10	
	산청군 백운동 계곡	5	
경남 양산	통도사 적멸보궁 구룡지	15	
	자장암 금와보살(金蛙(菩薩) 감로수(甘露水)	5	석간수
	자장암 계곡	10	
	극암암 산정약수	17	
	사명암	16	
	서운암	9	
	안양암	13	
경남 사천	봉명산 산정 약수터	15	
	다솔사	17	
경남 밀양	표충사 한계암 계곡	15	
경남 거창	수승대	16	
충북 보은	속리산 법주사 감로수	11	
전남 구례	화엄사 계곡	12	
	화엄사 대웅전 감로수	12	
	천은사 감로수	10	

지역	위치	ppm	비고
전남 순천	선암사 계곡	16	
	달마전 수각	16	
전남 해남	대흥사 계곡	15	
	일지암	16	유천
전남 강진	다산초당	16	약천
전북 무주	덕유산 구천동 계곡	13	
강원도	설악산 백담사 계곡	10	
	설악산 수렴동 계곡	5	
	설악산 봉정암	5	
	설악산 비선대	5	
	설악산 비룡폭포	5	
	오대산 월정사	10	
	오대산 상원사	10	
	오대산 남대 지장사	10	
	오대산 중대 사자암	10	
	오대산 서대 수정암	16	우통수
	강릉 한송정	93	공군 제18 전투비행단
	태백산 용정	15	
백두산	천지 밑 장백 폭포	157	장백산 온천 83℃
경북 영덕	바닷물	233	장사 해수욕장

4 찻물의 선택 기준

1. 오염되지 않고 깨끗하여 음용 가능한 물

2. 용존산소량(溶存酸素量)이 많고, 알칼리성(pH 7.5 이상)인 물

3. 물속에 무기물[칼슘(Ca), 마그네슘(Mg), 철(Fe), 황이나 탄산 성분 등]의 함량이 적은, 즉 경

즉 경도(硬度)가 낮은 물

4. 차의 성분 변화에 영향을 미치지 않는 물(우린 차의 탕색이 변하지 않을 것). 탕색이 변한 것은 차의 카테킨과 타닌 성분이 물의 금속이온과 결합하여 변한 것으로, 차의 기능성을 잃게 한다.

5 수돗물을 찻물로 사용할 때

지표수를 수돗물로 이용하는 우리나라는 지역별 환경에 따라 BOD와 무기물 함량(ppm)이 각각 다르며, 정수하는 과정에서 오염된 세균을 죽이고 정화 후에도 가정의 주방까지 공급되는 과정에서 생길 수 있는 오염을 방지하기 위해서 염소(鹽素, Cl)를 사용한다. 만일 수돗물을 찻물로 사용하고자 할 때는 하루 정도 미리 물을 받아두어 가라앉힌다. 염소의 끓는점이 34℃로 낮고, 휘발성이 강해 그 냄새와 함께 약 90% 정도는 저절로 사라진다. 또 물을 끓이면 염소는 거의 사라진다.

第一方 不近江山 卒無泉水 惟當春積梅雨
제일방 불근강산 졸무천수 유당춘적매우

其味甘和 乃長養萬物之水
기미감화 내장양만물지수

첫 번째 방법으로, 가까운 곳에 강이나 산이 없고 마침내 샘물마저 없다면, 오직 마땅히 봄에 매우(梅雨)를 저장해둔다. 그 맛이 달고 조화로우니, 이에 길이 만물을 길러주던 물이다.

매우(梅雨)

方(모 방) 방법, 방안.

卒(마침내 졸) 마침내, 드디어, 기어이.

惟(생각할 유) 오직.

當 마땅할 당.

積(쌓을 적) 여기서는 빗물을 저장해 둠을 의미한다.

梅雨(매우) 매실이 익는 6월 상순에서 7월 상순 사이에 내리는 비. 『동의보감』에 약재로도 등장하는 빗물이며, "성질이 차고 맛이 달며 독이 없어서 눈을 밝게 하고 마음을 진정시킨다"고 하였다. 찻물의 조건과도 일치한다.

長(긴 장) 길이, 오래도록.

養(기를 양) 길러주다, 양육하다.

해설

앞에서 찻물로는 산 정상의 물이 가장 좋고, 강물이 다음이고, 마지막으로 우물물이 있다고 했다. 그러나 좋은 산수나 강수는 지리적 여건이 허락되는 사람에게만 주어질 수 있다. 좋은 우물물 역시 아무나 만날 수 있는 것은 아니다. 그러므로 좋은 찻물을 구하는 문제는 예나 지금이나 쉽지 않은 것이었다. 이 장(章)의 핵심 내용은, 이렇게 찻물 구하기가 어려운 상황에 있는 사람들을 위한 방편을 제시하는 것이다.

그런 방편 가운데 첫째가 매우(梅雨)를 모아두는 것이라고 했다. 매우는 중국의 장강을 기준으로 6월 상순부터 약 한 달간 내리는 일종의 장맛비다. 농작물을 비롯하여 만물을 살리는 데 꼭 필요한 비다. 이 빗물을 받아 두었다가 찻물로 사용하라는 것인데, 당연히 아무 항아리에나 받아서 아무 데나 두어도 괜찮은 것은 아니다. 물의 저장과 양생을 위한 방법이 따로 있으니, 이에 관해서는 다음의 장(章)인 '저수(貯水)' 편에서 설명한다.

雪水雖淸 性感重陰 寒入脾胃 不宜多積

설 수 수 청 성 감 중 음 한 입 비 위 불 의 다 적

눈 녹인 물은 비록 맑으나, 성질과 느낌이 무겁고 어둡다. 찬 기운이
비장과 위장에 침입하므로 많이 모아두는 것은 마땅치 않다.

태백산 반재 등산로의 어묵
장사 모습. 눈이 아무리 많이
내려도 눈 녹인 물을 쓰지 않
고, 1.7km 밑의 계곡에서 물
을 길어다 사용한다. 매일 10
통 정도의 물을 지게로 져 나
른다고 한다.

性感重陰(성감중음) 성질과 느낌이 무겁고 음산함.

寒(찰 한) 한기(寒氣). 찬 기운.

脾(지라 비) 오장(五臟)의 하나인 비장.

胃(밥통 위) 육부(六腑)의 하나인 위. 양의학에서는 비장이 따로 있다고 보지 않으나, 한의학에서는 음식물을 받아들이는 기관으로서의 위 밑에, 소화를 돕는 비장이 따로 있다고 본다. '비위가 상한다'고 할 때의 비위가 비장과 위장이다.

해 설

좋은 찻물 구하기가 어려운 사람은 우선 매우(梅雨)를 많이 모아두었다가 쓰라고 하였다. 또 다른 방편으로 겨울에 눈 녹인 물로 차를 끓일 수도 있다. 실제로 옛사람들의 시에 눈 녹인 물로 차 끓이는 대목이 여럿 등장한다. 하지만 이는 운치 있는 음다는 될지 몰라도 좋은 방편이 아니다. 그래서 '많이' 모아두지는 말라고 했다. 재미 삼아 한두 번 해볼 수 있는 방편일 뿐, 장기적으로 활용하면 건강을 해칠 수 있다는 경고다.

18

貯水

저 수

물의 저장

貯水

貯水甕須置陰庭中. 覆以紗帛. 使承星露之氣.
則英靈不散. 神氣常存. 假令壓之以木石. 封以
紙箬. 曝于日下. 則外耗散神內閉其氣. 水神斃
矣. 飲茶惟貴夫. 茶鮮水靈. 茶失其鮮. 水失其靈.
則與溝渠何異.

貯水甕 須置陰庭中 覆以紗帛 使承星露之氣

저 수 옹 수 치 음 정 중 부 이 사 백 사 승 성 로 지 기

물 담은 항아리는 반드시 그늘진 뜰 안에 두고 비단으로 덮어서, 별과
이슬의 기운을 받게 하여야 한다.

베로 덮어 그늘진 뜰에 둔 물 항아리

한국 다도 고전 茶神傳

貯水甕(자수옹) 물 저장 독(항아리).

須(모름지기 수) 모름지기, 반드시 ~하여야 한다.

覆(덮을 부) '덮다'의 의미일 때는 음이 '부'이고, '다시, 넘어지다' 등의 의미일 때는 음이 '복'이다. 여기서는 항아리의 입구를 천으로 '덮는다'는 뜻으로 쓴 글자다.

紗(깁 사) 비단, 성글게 짠 옷감.

帛(비단 백) 비단.

使(하여금 사) ~하게 하다.

承(이을 승) 잇다, 이어받다, 받다.

星露之氣(성로지기) 별과 이슬의 기운. 우주와 대자연의 신령한 기운.

🫖 해 설

찻물로 이용하기 위해 많은 물을 보관해야 할 경우 어떻게 할 것인지 그 방법을 설명하고 있다. 물을 항아리에 담고 그늘에 두며 입구는 공기와 습기가 통하는 천으로 덮는다고 했다. 이로써 오염을 방지하면서 우주의 기운과 물이 하나로 통하고 합치되게 하려는 것이다.

則 英靈不散 神氣常存
즉 영령불산 신기상존

그러면 곧 영령(英靈)이 흩어지지 않고 신기(神氣)가 계속 보존된다.

글자풀이

英靈(영령) 꽃다운 신령함. 물의 신선(新鮮)한 기운.

神氣(신기) 신령한 기운. 다신(茶神)을 드러낼 수 있는 진수(眞水)로서의 기운.

常存(상존) 항상 존재함, 항상 보존됨, 변치 않고 길이 보존됨.

해설

차고 깨끗한 곳에 물 항아리를 두면 낮은 온도 덕분에 물속의 용존산소량(溶存酸素量)이 많아진다. 또 물이 변하지 않고 그 기운을 항상 유지한다.

물 항아리를 그늘진 뜰에 두고 비단으로 덮어서 별과 이슬의 기운을 받게 하는 이유와 목적을 설명한 말이다.

假令 壓之以木石 封以紙箬 曝于日下
가 령 압 지 이 목 석 봉 이 지 약 폭 우 일 하

則外耗散神 內閉其氣 水神斃矣
즉 외 모 산 신 내 폐 기 기 수 신 폐 의

가령 나무나 돌로 그것을 누르거나 종이나 죽순 껍질로 봉해서 햇볕
아래에 쪼인다면, 곧 밖으로 열려서 신(神)을 흩어버리거나 안으로 그
기(氣)를 막으니 수신(水神)이 없어져 버린다.

글자풀이

假令(가령) 가령, 예컨대, 만약.

壓之(압지) 그것을 누름. 물 항아리 입구를 단단한 돌이나 나무 뚜껑으로 꽉
막히게 눌러 덮는다는 말.

紙箬(지약) 종이와 죽순 껍질. 물 항아리를 덮기에는 허약한 재료.

耗(소모할 모) 소모하여 없어짐. 여기서는 뒤의 閉(닫을 폐)와 대비되어 제대
로 덮이지 않고 엉성하게 열린 상태를 말한다.

閉(닫을 폐) 완전히 밀봉함.

斃(넘어질 폐) 『다록』과 『만보전서』에 모두 '敝(해질 폐)'로 되어 있다. '敝(폐)'는
'해지다, 깨지다, 부서지다'의 의미.

해설

앞에서 물 항리의 보관 조건으로 크게 두 가지를 제시했다. 하나는 그늘진
뜰 안에 두는 것이고, 다른 하나는 그 입구를 비단과 같은 천으로 덮으라는

것이었다. 그래야 별과 이슬의 기운을 받아서 물의 신기(神氣)가 보존된다는 것이다. 여기서는 그 반대의 경우를 상정하여 설명하고 있다.

우선 나무나 돌로 만든 뚜껑으로 물 항아리 입구를 눌러 밀폐하는 경우다. 이렇게 하면 당연히 내부의 기운이 꽉 막히게 되니[內閉其氣], 결과적으로 수신(水神)은 사라질 것이다. 오늘날의 과학적 관점으로 보자면 물 안의 산소가 고갈되는 현상이 일어날 수 있다.

반대로 종이나 죽순 껍질 등의 엉성한 재료로 입구를 봉하는 경우도 상정했다. 이렇게 되면 먼지 등이 드나드는 것은 물론 밖으로 지나치게 열려서 수신이 제대로 보존되지 못할 것이다[外耗散神].

게다가 그늘이 아니라 땡볕 아래 방치까지 한다면[曝于日下], 수신이 보존될 수 없음이 당연하다. 물의 온도가 높아지면 용존산소량이 줄어들고 수기는 당연히 증발되어 사라진다.

밀폐하거나 햇볕에 두면 안 된다.

한국 다도 고전 茶神傳

飲茶惟貴夫　茶鮮水靈　茶失其鮮　水失其靈
음 다 유 귀 부　다 선 수 령　다 실 기 선　수 실 기 령

則與溝渠何異
즉 여 구 거 하 이

음다(飮茶)는 오직 차의 신선함과 물의 신령함을 귀하게 여긴다. 차가
그 신선함을 잃거나 물이 그 신령함을 잃는다면 곧 도랑물과 더불어
어찌 다르겠는가.

글자풀이

夫(부) 『다록』에 '乎(어조사 호)'로 되어 있다.

鮮(고울 선) 신선하다.

溝 봇도랑 구.

渠 도랑 거.

溝渠(구거) 개골창. 『다록』에는 '溝渠水(구거수, 개골창 물)'로 되어 있다.

何異(하이) 어찌 다르겠는가, 무엇이 다르겠는가, 다름이 없다.

해설

계속해서 물 보관의 중요성을 강조하고 있다. 차가 조금이라도 오염되거나
변질되면 아예 쓸 수 없다고 앞에서 누누이 강조한 것처럼, 물 역시 보관이
잘못되어 그 신령한 기운을 잃는다면 개골창의 더러운 물과 다를 바 없다는
것이다.

"찻물의 최소 요건은?"

1 DO, BOD, pH와 좋은 찻물

오늘날에는 좋은 찻물의 요건을 과학적인 수치로 확인할 수 있다. 용존산소량(DO), 생화학적 산소요구량(BOD), 수소이온농도(pH) 등의 값을 측정하여 찻물로서의 적합성 여부를 판단할 수 있는 것이다.

① 용존산소량(溶存酸素量, Dissolved Oxygen)은 약칭 DO라 하며, 단위로는 mg/L 또는 ppm을 사용한다. 물속에 녹아있는 산소의 양을 수치로 나타낸 것으로, 수질 오염의 정도를 나타내는 중요한 지표 가운데 하나다. 물속 산소의 양은 온도가 낮고 기압이 높을수록 많아진다. 거꾸로 온도가 높아지면 물속의 산소가 적어진다. DO 수치가 높을수록 좋은 물이다. 맑고 깨끗한 하천물의 DO는 대략 7〜10 정도다. 물속에 플랑크톤 등이 많아지면 산소가 많이 소비되어 용존산소량이 줄어든다.

② 생화학적 산소요구량(生化學的酸素要求量, Biochemical oxygen demand)은 약칭 BOD라 하며, 단위는 mg/L 또는 ppm을 사용한다. 호기성 미생물이 물속에 있는 유기물을 분해할 때 사용하는 산소의 양을 말하며, 역시 물의 오염 정도를 표시하는 중요한 지표로 사용된다. BOD 수치가 높다는 것은 미생물이 분해해야 할 유기물이 많다는 뜻이고, 그만

큰 물이 오염되어 있다는 의미다. 따라서 BOD는 수치가 낮을수록 깨끗한 물이다.

③수소이온농도(水素—濃度, hydrogen ion concentration)란 용액 1l 속에 존재하는 수소이온의 양을 의미하며, 용액의 산성 및 알칼리성 정도를 나타내는 수치다. 단위로 pH(수소이온농도지수, potential of hydrogen)를 사용하는데, pH 7이 중성이고, 이보다 낮으면(0~6) 산성(酸性), 이보다 높으면(8~14) 알칼리성[염기성(鹽基性)]으로 판단한다.

화학적으로 순수한 물(H₂O)의 pH는 7이며, 인간 혈액의 pH는 7.35~7.45이다. 이로써 미루어보면 찻물 역시 약알칼리성이 좋다고 할 수 있다. 사람이 마실 수 있는 물의 범위는 pH 5.8~8.5 사이다. 산성과 알칼리성을 동시에 아우르는데, 실제로 마시는 물이 산성이라고 우리 몸이 더 산성화되는 것은 아니다. 요즘 비싸게 팔리는 알칼리 생수가 몸에 더 좋다는 것도 과학적 사실과는 다소 거리가 있는 과장 광고다. 우리 몸은 자율적인 조절기능을 통해 혈액이나 체액 등의 pH를 스스로 조절한다. 일반적인 빗물은 pH 5~6이고, 산성비는 pH 1~5 정도이다.

다음은 찻물로서의 적합성을 판단할 때 필요한 DO, BOD, pH 수치 일람표이다.

등급	용존산소량 (DO, ppm)	생화학적 산소요구량 (BOD, mg/L)	수소이온농도(pH)	비고
매우 좋음	7.7 이상	1 이하	6.5~8.5	깨끗한 자연수
좋음	5.0 이상	2 이하	6.5~8.5	
약간 좋음	5.0 이상	3 이하	6.5~8.5	
보통	5.0 이상	5 이하	6.5~8.5	물고기가 살 수 있다.
약간 나쁨	2.0 이상	8 이하	6.0~8.5	
나쁨	2.0 이상	10 이하	6.0~8.5	냄새가 나지 않는다.
매우 나쁨	2.0 이상	10 초과		

19

茶具
다 구

찻그릇

茶具

桑苧翁煑茶用銀瓢調過於奢傷後用磁器又貯朱樓華屋石
恐若宋能耐久辛歸於銀愚意銀者
山於茅齋舍惟用錫瓢亦無損扵色味也銅鉄忌
之

桑苧翁 煮茶 用銀瓢 調過於奢侈 後用磁器
상 저 옹 자 다 용 은 표 조 과 어 사 치 후 용 자 기

又不能耐久 卒歸於銀
우 불 능 내 구 졸 귀 어 은

상저옹은 차를 달일 때 은(銀) 다구를 사용하였으나, 사치에 지나치다
하고는 뒤에 자기(磁器)를 썼다. (그런데) 또 능히 오래 견디지 못하므
로 마침내 은(銀)으로 돌아갔다.

은(銀) 다관(대구 청백원 소장)

한국 다도 고전 茶神傳

글자풀이

桑苧翁(상저옹) 『다경(茶經)』을 지은 육우(陸羽)의 자호(自號).

銀(은) 귀금속의 하나. 녹는점 961℃. 금속 가운데 열전도율이 가장 높다.

瓢(박 표) 바가지, 표주박, 구기[勺]. 구기는 술이나 기름, 죽 따위를 풀 때 쓰는 기구로, 자루가 국자보다 짧고 바닥이 오목하다. '구기'는 한자어가 아닌 우리말이고 한자로는 '勺(작)'이다.

銀瓢(은표) 은 구기. 여기서는 은으로 만든 다구(茶具)의 의미.

調(고를 조) 『다록』에 '謂(이를 위)'로 되어 있다.

過於奢侈(과어사치) 사치에 지나침. 지나치게 사치함.

磁器(자기) 사기그릇, 도자기.

又(또 우) 또, 다시.

不能耐久(불능내구) 능히 오래 견디지 못함. 자기(磁器) 다구의 내구성이 약했다는 말이다.

卒(졸) 마침내.

해설

이번 장(章)은 다구(茶具)에 대해 다루고 있는데, 다양한 다구들 중에서도 가장 핵심이 되는 것은 다관(茶罐)과 잔(盞)이라고 할 수 있다. 그런데 잔에 대해서는 뒤에 별도의 장(章)이 있으므로 여기서는 잔을 제외한 다구, 특히 다관에 대해 말한 것으로 이해할 수 있다.

은(銀)은 열전도율이 높고 연성(延性)이 뛰어난 금속이어서 다관의 재료로 적합하긴 하나, 희귀 금속인 만큼 비싸다는 문제가 있다. 이에 육우도 은(銀) 다관의 장점을 알지만, '정행검덕(精行儉德)'을 다도의 이상으로 삼은 자신에게는 너무 사치스럽다고 말하며 사기(沙器) 다관으로 교체했다는 것이다. 그런데 사기 다관은 잘 깨어진다는 문제가 있었고, 그래서 다시 은 다관으로 복귀하게 되었다고 한다.

愚意 銀者 ⒜貯朱樓華屋 若山齋茅舍
우 의 은 자 의 저 주 루 루 화 옥 약 산 재 모 사

惟用錫瓢 亦無損於色味也 但銅鐵忌之
유 용 석 표 역 무 손 어 색 미 야 단 동 철 기 지

내 생각에, 은이란 것은 주루화옥(朱樓華屋)에나 쌓아둠이 마땅하고,
만약 산속 집이나 띳집이라면 다만 주석(朱錫) 다구를 쓰더라도 역시
색(향)미에 손해됨이 없다. 단 동(銅)이나 철(鐵)은 꺼린다.

🌱 글자풀이

愚意(우의) 어리석은 생각. '내 생각'의 겸양어.

宜(마땅 의) 『다신전』에는 누락되어 있으나 『다록』과 『만보전서』에 공통으로
존재하는 글자다.

朱樓華屋(주루화옥) '주루'는 붉은 칠을 한 누각, '화옥'은 화려한 가옥. 단청
을 칠하는 궁궐이나 고대광실(高大廣室)을 말한다.

山齋茅舍(산재모사) '산재'는 산에 있는 재각(齋閣), '모사'는 띠 풀로 지붕을
이은 초가집. 산사(山寺)나 일반 여염집을 말한다.

錫瓢(석표) 주석 구기, 주석 다구.

忌(꺼릴 기) '싫어하다, 미워하다, 증오하다, 시기하다, 질투하다' 등의 의미.

銅鐵忌之(동철기지) 동과 철은 '그것[之]'을 꺼린다. '그것'은 앞에 나온 '색향
미'이다. 동과 철이 차의 색향미에 악영향을 끼친다는 말이다. 사람이 동제
다구나 철제 다구를 꺼린다는 말이 아니다.

여기 등장하는 세 가지 다구 재료(주석, 동, 철)는 모두 금속이라는 공통점이 있고, 오래전부터 식기(食器) 등에 활용되었다. 그럼에도 찻그릇의 재료로 주석은 좋고 동과 철은 안 좋은 이유는 차의 타닌(Tannin) 성분과 관련이 있다. 타닌은 주석과 만날 경우 별다른 반응을 보이지 않는 반면, 동과 만나면 흑색으로 변하고 철과 만나면 흑청색으로 변해버린다. 이런 현상을 두고 '주석 다구를 쓰면 색향미에 손해가 없다'고 하고 '동이나 철은 색향미를 해친다'고 한 것이다.

"차가 다르면
다구도 달라지는 이유"

1 다구 재료로서의 금속들

금과 은, 주석, 동, 철 등은 오랜 기간 도자기와 더불어 중요한 식기(食器) 재료로 이용되고 있는 금속들이다. 금속의 특징들을 통해 다구 재료로서의 적합성 여부를 알아보자.

① 금(金) : 황금빛 광택이 나는 대표적인 귀금속이다. 공기나 물과 접촉해도 변하지 않으며, 빛깔의 변화도 없다. 강한 산화제에 의해서도 변하지 않으며, 염기에도 녹지 않는다. 전성(展性, 얇게 펴지는 성질) 및 연성(延性, 끊어지지 않고 늘어나는 성질)이 금속 중에 가장 커서 세밀한 가공에 용이하다. 1g의 금으로 길이 3,000m의 가는 실을 만들 수 있다. 순금의 경우 매우 무르므로 구리 등과 합금하여 사용하는 경우가 많다.

순금은 독성이 없고 섭취해도 해가 없으나, 일부에서는 알레르기를 일으킬 수 있다. 이처럼 원소로서의 금은 독성이 없으나 금 이온은 독성이 있다. 금 이온의 이런 독성에도 불구하고 금을 식품에 첨가해도 안전한 이유는, 섭취한 금속 금이 체내에서 금 이온으로 전환되지는 않기 때문이다. 다관이나 다완의 깨진 부분 등을 금으로 수리하는 경우가 많은데, 정밀 가공이 가능하고 인체에 무해하며 변색이나 변질의 염려가 없는 금속이기 때문이다. 고려시대의 다구로 널리 알려진 금화오잔(金花烏盞)은 금으로 장식한 찻잔이었을 것으로 짐작된다.

② 은(銀) : 은백색의 광택을 띠는 금속으로, 전성(展性) 및 연성(延性)이 금 다음으로 크다. 전성이 크다는 것은 누르거나 두드려 얇게 펴기에 수월하다는 것이고, 연성이 크다는 것은 잡아당기거나 두들겨도 잘 끊어지지 않고 늘어난다는 것이다. 그만큼 세밀한 가공에 적합하여 예로부터 값비싼 장식품 등에 많이 활용되었다. 연성이 높으므로 찌그러질지언정 잘 깨지지는 않는다. 본문에서 사기가 은보다 내구성이 약하다고 말한 이유가 이것이다. 은은 또 전기전도율과 열전도율이 금속 중에 가장 높아서 오늘날 화학용 기구 등에 많이 활용된다. 전기전도율이 높아 전선으로 최적이지만 너무 비싸기 때문에 보통의 전선은 구리로 만든다. 은은 공기나 물과 접촉하여 변하지 않으나, 오존(O3), 황(S) 또는 황화합물에 노출되면 검게 변한다. 가정에서 사용하는 은 제품이 검게 되는 것은 황화합물(황화수소 등)과의 반응 때문이다. 순은은 너무 무르기 때문에 보통 여러 가지 금속과 합금하여 사용한다. 은화나 은수저는 은에 약간의 구리를 섞어 만들고, 치과에서 쓰는 아말감은 은에 수은을 첨가한 것이다.

은 이온과 은 화합물은 박테리아, 바이러스, 조류, 곰팡이 등 일부 생물체에 높은 독성을 나타내는데, 그럼에도 인체에는 독성이 거의 없다. 이런 성질 덕분에 고대부터 항균 및 항생 처리에 이용되어 왔다. 예컨대 페니키아인들은 물, 포도주, 식초를 은제 용기에 보관하여 부패되는 것을 막았다. 이러한 성질은 중세에 다시 재발견되어 음식과 물을 부패되지 않도록 저장하고, 화상이나 상처를 처치하는 데 은이 사용되었다. 1920년대에는 미국식품의약국(FDA)이 항균제로 은 용액을 사용하는 것을 허가하였다. 오늘날에도 물의 정제, 상처 치료용 붕대의 항균 등에 활용된다. 휴대폰 케이스에도 사용되는데, 박테리아의 번식을 막아주기 때문이다. 이런 여러 특성으로 볼 때 은제 다구는 충분히 권장될 만하다. 육우가 지적한 것처럼 너무 비싸고 사치스럽다는 것이 문제일 뿐이다.

③ 구리[銅] : 구리(동)는 적색 광택을 가진 금속으로 전성·연성·가공성이 뛰어날 뿐만 아니라 강도도 있다. 열 및 전기의 전도율이 은에 이어 2번째로 커서 전선 등에 많이 쓰

인다. 인류의 역사는 석기시대를 끝낸 후 동기시대(銅期時代)로 이어졌는데, 그만큼 동의 활용이 매우 오래되었음을 알 수 있다. 동기시대 이후에는 주석과 구리의 합금인 청동기(靑銅器)의 시대가 열렸다.

동은 오랫동안 공기 중에 노출되면 녹색의 얇은 염기성 보호막인 탄산구리(녹청)가 되고, 습기가 있는 공기 중에서는 녹색 산화물로 변하며, 빛에 노출되면 염화구리로 변한다. 염분이 있는 물에는 녹기도 한다. 구리 자체만으로는 그릇을 만들기 어렵고 변질도 심하기 때문에 찻그릇으로도 활용할 수 없다. 단 주석과 합금하여 청동기, 혹은 백랍 형태로는 충분히 활용할 수 있다.

구리는 동식물에 불가결인 미량 영양소의 하나이며, 사람의 체내에서도 중요한 역할을 하고 있다.

④ 주석(朱錫) : 주석은 인류가 처음으로 사용한 금속 중의 하나로, 전성·연성이 높고 내식성(耐蝕性, 부식이나 침식에 견디는 성질)도 뛰어나다. 반면에 쉽게 녹기 때문에(녹는점 231.9℃) 주조성이 좋으며, 덕분에 구리와 합금하여 청동기문화를 형성하였다. 전형적인 청동은 88% 구리와 12% 주석으로 이루어진다. 구리는 무른 금속인데, 주석 또는 비소(As) 등의 금속을 소량 첨가하면 단단해지고 녹는점이 낮아지며 주조성이 좋아진다. 청동은 구리의 비율이 높은 반면, 백랍(白鑞, pewter)은 주석이 85～95%인 합금이다. 유럽은 중세부터 이 합금으로 식기 등을 제작하여 비싼 은제 식기를 대체했으며, 오늘날 유럽의 기념품 가게 등에서 파는 각종 주석 제품들도 이 백랍으로 만든 것이다.

주석은 무르고 값이 비싸기 때문에 단독으로는 거의 사용되지 않고, 대부분 합금과 화합물의 제조에 사용된다. 또 공기나 물과 만나도 잘 산화되거나 부식되지 않으므로 철이나 아연 등의 부식을 막기 위한 도금 소재로 널리 쓰인다. 양철이라 불리는 통조림 깡통 용기가 철 표면에 주석을 도금한 것이다. 금속 상태의 주석은 무독성이어서 인체에도 해롭지 않다. 『다신전』 본문에서도 주석 다구는 차의 색향미를 해치지 않는다고 하였는데, 이때의 주석 다구도 백랍 다구를 말하는 것이다.

한국 다도 고전 茶神傳

주석으로 만든 통과 잔, 식기류들

구리와 주석을 합금한 청동으로 만든 다관

⑤ 철(鐵) : 철은 인류에게 용도가 가장 많은 금속인데, 다행히 지구에 무척 풍부한 금속이기도 하다. 지구의 핵을 이루는 주성분이며, 지각의 5%도 철이다. 순수한 철은 알루미늄보다도 무르나 제련 과정에서 탄소를 첨가하면 매우 단단하고 강한 강철이 된다.

순수한 금속 철 표면은 광택 있는 은회색을 띠고 있지만, 공기 중에서 산화되어 적갈색의 녹이 슨다. 알루미늄이나 마그네슘 같은 금속은 표면에 생성된 산화물 피막이 더 이상의 산화가 진행되는 것을 막지만, 철은 표면에 생성된 산화철이 금속 철보다 부피가 커서 표면에서 쉽게 벗겨져 떨어지고, 새로운 금속 표면을 노출하여 지속적으로 부식이 일어나게 된다.

생명 현상에 필수적인 여러 단백질과 효소도 철을 포함하고 있는데 주로 전자 전달과 산소의 수송 및 저장에 관여한다. 인간을 포함한 살아있는 모든 유기체에서 철–단백질이 발견되는데 혈액이 붉은색을 띠는 것도 철–단백질인 헤모글로빈 때문이다. 성인의 몸에는 평균적으로 약 4g의 철이 있으며 그중 4분의 3이 헤모글로빈에 포함되어 있다.

솥이나 주전자는 철광석에서 산소와 불순물 등을 제거하고 나오는 선철(銑鐵)을 원료로 만들어지는데, 선철을 우리말로는 무쇠라고 한다. 탄소가 1.7% 이상 포함되어 강도가 높지만 탄력성이 적으므로 깨어지기 쉽다. 반면에 녹는점이 낮아서 쇳물로 녹인 후 거푸집에 부어서 그릇 등을 만드는데 이런 방식을 주조(鑄造)라 한다. 이렇게 만들어진 무쇠솥 등은 보온성과 열전도율이 좋으며, 인체에 필요한 철의 형성을 도와 빈혈을 예방할 수 있게 해준다. 하지만 녹이 슬기 쉬우므로 처음 사용할 때 기름칠을 하여 길을 들여야 하고 평소에도 마른행주로 잘 닦아 습기와의 접촉을 줄여야 한다.

2 다기 선택의 유의사항

다기의 선택은 단순한 미적 취향의 문제가 아니라 건강 등과도 밀접하게 연관되는 중요한 문제다. 차는 항암(抗癌), 항산화(抗酸化), 살균(殺菌), 해독(解毒), 지혈(止血), 소염(消炎) 등의 기능으로 각광을 받는 건강음료이다. 이는 차의 특별한 성분에서 연유하는 것으로, 카테킨, 카페인, 아미노산, 질소 화합물인 테아닌(Theanin), 비타민A, B, C, P 등과 식물색소, 탄수화물, 향기성분, 유기산, 효소, 무기염류 등이 대표적이다. 이런 성분들이 물에 우려지도록 하여 체신여건영(體神與建靈)을 하는 것이 곧 다도(茶道)의 지름길로 가는 것이다.

녹차(綠茶)를 우릴 때는 끓인 물을 숙우(熟盂)에서 식혀서 우리고, 홍차(紅茶)는 다관이 식지 않도록 보온을 위해 티코지를 사용하는데, 이는 차의 유효성분인 카테킨의 떫은맛이 적당히 잘 우러나도록 하는 것이자 찻잎의 폴리페놀 카테킨이 산화에 따라 변하기 때문이다. 따라서 차마다의 이런 성질을 살펴 다관 선택은 열전도율이 좋은 자기(磁器)와 열전도율이 낮은 사기(沙器)로 기능성에 맞도록 사용하여야 차의 성분이 잘 우려지고 맛을 좋게 할 수 있다.

자기(磁器) : 보온성(保溫性)이 약하다

찻잎에 폴리페놀 카테킨 성분이 산화되지 않고 그대로 유지되어 있는 차는 보온성이 약한 자기(磁器)를 사용하여야 열전도율이 좋아서 다관의 온도가 빨리 낮아져 떫은맛을 내는 카테킨 성분이 과다하게 우러나지 않는다.

끓인 물을 숙우(熟盂)에서 80℃ 정도로 식혀서 우리는 것도 떫은맛이 과도하게 우러나지 않게 하는 방법이며, 뜨거운 물을 붓고 오래 두면 떫은맛이 강한 것은 카테킨 성분이 너무 많이 우려졌기 때문이다. 이런 자기 다관을 사용하기에 알맞은 차는 덖음차와 증제차로, 우리나라 차와 일본 녹차가 대표적이다.

사기(沙器) : 보온성(保溫性)이 좋다

후발효시킨 보이차와 찻잎을 산화시켜 만든 홍차(紅茶), 오룡차, 철관음차 등은 다기의 보온성이 좋고 열전도율이 낮은 사기(沙器)나 자사호가 적당하다. 홍차 우릴 때 자기의 열전도율을 보완하기 위해 티코지를 사용하는데, 이는 찻잎이 위조 단계에서 산화효소 폴리페놀 옥시데이스의 활성화로 적갈색을 나타내는 테아플라빈과 적색을 나타내는 테아루비긴으로 변한 카테킨이 90℃ 이상에서 잘 우러나게 하는 역할을 한다.

차의 핵심 성분인 카테킨은 맛과 색과 향기에 큰 영향을 주며, 카페인과 함께 전체 가용 성분의 50% 이상을 차지한다.

현재 우리나라는 거의 대부분 카테킨을 잘 보존하기 위해 산화효소를 정지시키는 덖음차와 증제차를 만들고, 우릴 때는 자기 다구를 사용하며, 끓인 물을 숙우에서 80℃ 정도로 식혀서 사용한다. 카테킨의 쓴맛을 내는 유리형(遊離形)의 EC, ECG와 떫은맛을 나타내는 에스테르형의 ECg, EGCg가 과도하게 우러나지 않게 하는 방법인데, 야생 차나무에서 딴 찻잎으로 만든 차는 오히려 90℃ 이상을 유지해야 잘 우려진다. 중국은 자기와 열전도율이 낮고 보온성이 좋은 자사호를 사용하며, 영국은 열전도율이 좋은 자기와 티코지를 사용하는 외에 카테킨이 잘 우러나도록 찻잎을 잘게 자르거나 가루 형태로 만들어 이용한다.

20

茶盞

다 잔

찻잔

茶盞

盞以雪白者爲上，藍白者不損茶色次之．

盞 以雪白者 爲上 藍白者 不損茶色 次之

잔 이설백자위상 남백자 불손다색 차지

잔은 눈처럼 흰 것으로써 상(上)을 삼는다. 남백색인 것도 차의 색을
손상시키지 않으니 그다음이다.

백색의 헌다용 잔

雪白(설백) 눈의 백색. 눈 같은 백색. 다른 색이 섞이지 않은 순백색의 의미다.
藍白(남백) 푸른 빛이 도는 백색.

해 설

다구 가운데 도자기로 만든 잔의 색에 대해 설명했다. 잔으로 도자기 제품을 주로 쓰는 것은 차 속의 타닌(Tannin)이 금속과 만나면 금속이온에 의해 쉽게 변색되기 때문이다. 도자기는 이를 막아준다. 도자기 잔 중에서는 차탕의 연한 녹색을 가장 잘 보여주는 순백(純白)의 잔이 가장 좋고, 녹차의 연한 녹색을 더욱 돋보이게 하는 푸른 빛 도는 흰색이 그다음이라고 한다. 덖음 녹차용 잔으로는 백자가 제일 좋다는 얘기다.

"차의 탕색은
플라보노이드가 좌우한다."

1 차탕의 색과 찻잎 내부의 색소 성분

차의 탕색은 찻잎에 원천적으로 들어 있는 천연 색소 성분과, 제다 과정에서 형성되는 색소 성분에 의해서 결정된다. 그리고 찻잎에 포함된 천연 색소 성분은 생엽의 색깔과 완성된 차의 색, 우리고 남은 찻잎인 엽저의 색에도 영향을 미친다. 찻잎 속에는 엽록소, 카로티노이드, 플라보노이드, 안토시아니딘 등의 색소 관련 성분이 함유되어 있다. 앞의

두 가지 성분은 지방 용제에 녹는 지용성(脂溶性) 색소이고, 뒤의 두 가지는 물에 녹는 수용성(水溶性) 색소다.

먼저 우리 귀에 익숙한 엽록소(葉綠素, chlorophyll)는 문자 그대로 찻잎이 우리 눈에 푸르게 보이도록 만드는 성분이다. 이러한 엽록소는 대엽종보다는 소엽종, 어린잎보다는 늙은 잎에 더 많이 함유되어 있다. 소엽종 찻잎이 녹차에 더 적합한 이유이고 늙은 잎일수록 색이 더 진한 이유가 이 때문이다. 엽록소는 생엽의 색깔과 완성된 차의 색, 그리고 차를 우리고 난 뒤에 남는 엽저의 색에 영향을 미치지만 지용성이어서 차의 탕색 자체에는 직접 영향을 미치지 않는다.

찻잎에 포함된 두 번째 지용성 색소 성분은 카로티노이드(carotinoid)로, 이는 노랑, 오렌지, 분홍 등의 색을 띠게 하는 여러 성분들의 화합물이다. 찻잎에서는 지금까지 모두 17종이 발견되었는데 카로틴(carotene)과 잔토필(xanthophyll)이 대표적이다. 카로틴도 그 종류가 매우 다양한데, 찻잎의 카로틴 가운데 주성분은 베타카로틴이며 전체 카로틴의 약 80%를 차지한다. 카로티노이드를 구성하는 또 하나의 성분인 잔토필은 루테인(lutein)이라고도 불리며, 엽록체 속에 포함되어 있고 황색을 띠게 하는 색소 성분이다.

플라보노이드와 안토시아니딘은 찻잎에 들어 있는 천연 색소 성분이자 물에 녹는 수용성 색소다. 따라서 다탕의 색깔에도 직접적인 영향을 미치게 된다. 플라보노이드(flavonoid)는 노란색을 만들어내는 색소 성분이며, 폴리페놀 구성 성분 가운데 하나다. 녹차의 탕색을 좌우하는 성분이기도 하다.

또 다른 수용성 색소 성분인 안토시아니딘(anthocyanidin)은 여러 종류의 당과 결합하여 안토시아닌(anthocyanin)의 형태로 존재하다가 가수분해(加水分解)되어 안토시아니딘이 된다. 찻잎을 자홍색(紫紅色)으로 보이게 하는 색소이며, 소위 자아차(紫芽茶, 찻잎이 자주색인 차)의 찻잎에는 이 성분이 다른 찻잎보다 50배 이상 많이 포함되어 있다. 맛에도 영향을 미쳐 이 성분이 많으면 쓴맛이 강해진다.

2 차탕의 색과 폴리페놀

차를 만드는 과정에서도 전에 없던 색소 성분이 나타나는데, 이런 색소 성분에는 차황소(茶黃素), 차홍소(茶紅素), 차갈소(茶褐素)의 세 가지 종류가 있다. 이 가운데 찻잎에 포함된 폴리페놀류 성분이 산화되면서 형성되는 차황소와 차홍소는 탕색은 물론 완성된 차나 엽저의 색에도 큰 영향을 미치는 성분이다.

먼저 차황소(theaflavin)는 붉은색 성분으로, 찻잎의 카테킨(catechin)이 폴리페놀옥시다아제의 작용으로 산화·축합하여 생성된 폴리페놀이다. 차홍소(thearubigin)는 찻잎의 산화 과정에서 생겨나는 성분 가운데 하나로, 탕색을 홍갈색으로 만들어주며 물에 잘 녹는 특징이 있다. 차갈소(theabrownine)는 탕색을 검붉게 만드는 색소이며, 이 성분의 함량이 높으면 탕색이 어두워지고 맛이 텁텁해져 질이 떨어지게 된다.

차 색소의 분류

21

拭盞布

식잔포

찻수건

拭盞布

飮茶前後俱用細麻布拭盞其他物械不堪用

飲茶前後 俱用細麻布 拭盞 其他物穢不堪用

음 다 전 후　구 용 세 마 포　식 잔　기 타 물 예 불 감 용

음다 전후에는 모두 세마포를 사용하여 잔을 닦는다. 그 밖의 것은 쉽게 더러워져 사용하기에 마땅치 않다.

가는 삼베포로 만든 다건을 이용하여 다구들을 깨끗이 닦는다.

細麻布(세마포) 가는 삼베.

拭 닦을 식.

物(물)『다록』에는 '易(쉬울 이)'로 되어 있다.

穢 더러울 예.

其他易穢(기타이예) 그 밖의 것은 쉽게 더러워진다.

堪(견딜 감)『다록』에는 '宜(마땅할 의)'로 되어 있다.

不宜用(불의용) 쓰기에 마땅치 않다.

해설

다관의 재질, 잔의 색깔을 설명하고 나서, 청결(淸潔)을 위주로 하는 차생활에 꼭 필요한 다건(茶巾)에 대해 설명했다. 다구의 물기를 제거하고 깨끗하게 관리하기 위해 사용하는 다건은 보통 삼베[麻布]나 무명베로 만든다.

22

茶衛

다 위

다도의 요체

造時精　藏時燥　泡時潔　精燥潔茶道盡矣．

茶衛

造時精 藏時燥 泡時潔 精燥潔 茶道盡矣
조 시 정　장 시 조　포 시 결　정 조 결　다 도 진 의

만들 때 정성[精]을 다하고, 보관할 때 건조[燥]하게 하며, 우릴 때 청결[潔]하게 한다. 정(精)·조(燥)·결(潔)이면 다도(茶道)는 다한 것이다.

석성우(현 BTN 불교방송국 회장) 스님의 대구 파계사 차실

한국 다도 고전 茶神傳

茶衛(다위) 『다록』의 본래 제목은 '茶道(다도)'이다. '衛(위)'는 사방을 물샐틈없이 잘 막아 지킨다는 말이니, '다위(茶衛)'는 '차생활의 필수 지침, 어기면 안 되는 수칙'이라는 뜻이다.

해 설

마지막으로 차생활의 핵심 지침을 밝혔다. 오늘날의 차생활은 포다(泡茶)와 음다(飮茶)를 위주로 하지만, 본래는 채다, 조다, 장다, 품천, 화후, 포다, 음다 등 매우 광범위한 활동이었다. 그러나 이 또한 크게 보면 세 범주로 나눌 수 있는데, '만들기, 보관하기, 우리기'가 그것이다. 이 세 가지 범주의 차생활에는 결코 어겨서는 안 되는 원칙이 각각 있으니, 정조결(精燥潔)이 그것이라고 한다. 만들 때의 지극정성, 보관할 때 건조하게 하는 것, 우릴 때 청결하게 하는 것이 차생활의 알파요 오메가라는 얘기다.

23

茶神傳 跋文

『다신전』발문

戊子雨際隨師於方丈山七佛啞院謄抄下未更
欲正書而因病未果修洪沙彌叮在侍者房欲知
茶道正抄亦病未終故禪餘強命管城子成終
有始有終何獨君子烏之叢林或有趙州風而盡
不知茶道故抄示可畏

＊西紀一八二八

道光十年(一八三○)

庚寅中春休菴病禪雪竇擁爐書

戊子雨際 隨師於方丈山 七佛啞院 謄抄下來
무 자 우 제 수 사 어 방 장 산 칠 불 아 원 등 초 하 래

更欲正書 而因病未果
갱 욕 정 서 이 인 병 미 과

修洪沙彌 時在侍者房 欲知茶道 正抄亦病未終
수 홍 사 미 시 재 시 자 방 욕 지 다 도 정 초 역 병 미 종

故禪餘 强命管城子 成終 有始有終
고 선 여 강 명 관 성 자 성 종 유 시 유 종

何獨君子爲之
하 독 군 자 위 지

叢林 或有趙州風 而盡不知茶道 故抄示可畏
총 림 혹 유 조 주 풍 이 진 부 지 다 도 고 초 시 가 외

庚寅 中春 休菴病禪 雪窓擁爐 謹書
경 인 중 춘 휴 암 병 선 설 창 옹 로 근 서

무자년(1828) 비 오는 날, 스승을 따라 방장산 칠불암 아자방에 갔다가 등초(謄抄)하여 내려왔다. 바로 다시 정서(正書)하고자 하였으나 병으로 인하여 끝을 맺지 못하였다. 사미승 수홍(修洪)이 시자방에 있을 때 다도를 알고자 하므로 정서(正書)하게 하였으나 또한 병으로 끝내지 못하였다. 이에 좌선하는 틈틈이 관성자(管城子)에게 강제로 명하여 마침을 이루었으니, 유시유종(有始有終)이 어찌 유독 군자만이 할 수 있는 일이겠는가.

총림(叢林)에 혹 조주풍(趙州風)이 있으나 다들 다도를 알지 못하므로 초록하여 보이는 것이니, 가히 외람된 일이다.

경인년(1830) 중춘에, 휴암병선(休菴病禪)이 눈 쌓인 창가에서 화로를 안고 삼가 쓴다.

膽抄(등초) 원본에서 옮겨 베낌.

管城子(관성자) 붓[筆]의 별칭.

有始有終(유시유종) 시작이 있고 마침이 있음. 시작하면 반드시 끝을 맺음.

君子(군자) 유생(儒生), 선비.

趙州風(조주풍) 조주선사의 가풍. 조주종심(趙州從諗)은 '끽다거(喫茶去)' 화두로 유명한 당나라의 선승. 여기서는 절집에서의 차 마시는 유풍을 말한다. '총림에 혹 조주풍이 있으나'란 말은 '승려들이 더러 차를 마시기는 하지만'의 의미.

中春(중춘) 2월.

해설

책의 말미에 『다신전』이 등초(膽抄)되고 정서(正書)되어 마무리된 일련의 과정을 소개하고, 병든 몸을 이끌고도 이 고단한 작업에 심혈을 기울인 이유를 설명했다. 사찰의 승려들이 차를 마시기는 하지만 다들 다도(茶道)를 제대로 모르기 때문에 『다신전』을 정리하여 펴낸다는 것이 골자이며, 이때의 다도란 채다(採茶)에서 음다(飮茶)에 이르는 일련의 차생활 전반을 말하는 것이다. 『다신전』의 구성과 내용도 실제로 그렇게 되어 있다.

『다신전』은 잎차[散茶]의 제다법과 음다법의 기준을 제시한 책으로, 이로써 우리나라의 차는 떡차 일변도에서 잎차가 더해져 그 내용이 더욱 풍성해진 시대로 접어들게 되었다. 또 초의선사 자신은 1830년의 『다신전』 완성을 계기로 우리 차의 제다와 연구에 더욱 매진하여 1837년에 드디어 『동다송』 저술을 마무리할 수 있었다.

부록

초의선사와 『다신전』

초의선사와 『다신전』

『다신전(茶神傳)』을 초록한 초의선사(艸衣禪師, 1786~1866)는 법호 초의(艸衣) 외에도 자하도인(紫霞道人), 자우산방(紫芋山房) 등의 호를 썼으며, 속명은 장의순(張意恂)이다.

1786년(정조 10년)에 전남 무안군 삼향면 왕산리 흥성장씨(興城張氏) 가문에서 출생하였고, 15세 되던 1800년에 전남 나주군 다도면 암정리의 운흥사(雲興寺)로 출가했다. 1804년(19세)에 영암 월출산(月出山)에서 보름달이 바다로부터 떠오르는 것을 보고 대오(大悟)했다고 하며, 해남 두륜산 대흥사(大興寺)에서 완호(玩虎)스님께 구족계(具足戒)를 받으면서 초의라는 법명(法名)도 함께 받았다.

1808년(22세)부터 제방의 선지식(善知識)을 두루 참방하며 더욱 탁마한 끝에 경율론(經律論) 삼장(三藏)에 두루 통달하게 되었다. 연담유일(蓮潭有一) 선사의 선지(禪旨)를 이어받았으며, 지리산 칠불암에서 서상수계(瑞相受戒)한 대은(大隱), 금담(金潭) 율사의 계맥을 전수받았고, 금강산과 지리산, 한라산 등의 명산을 순례하였다.

1809년(24세)에는 강진 다산초당(茶山草堂)에서 유배생활(流配生活)을 하던 24세 연

초의선사

상의 실학자 다산(茶山) 정약용(丁若鏞)을 만나 깊이 사귀게 되었는데, 다산에게서 유서(儒書)와 시학(詩學)을 배워 유학에도 정통하였다.

1815년(30세)에 처음으로 한양에 올라가 추사(秋史) 김정희(金正喜)와 추사의 동생인 김명희를 만났고, 다산의 아들인 정학연, 정학유 형제들과, 신위, 해거도인(海居道人) 홍현주(洪顯周)와도 인연을 맺게 되었다.

1824년(39세)에 대흥사 동쪽 계곡의 산 중턱에 일지암(一枝庵)을 지어『다신전(茶神傳)』과『동다송(東茶頌)』을 저술하였다.

현재의 일지암은 금당(錦堂) 최규용(崔圭用) 선생이 응송(應松)스님 및 삼산면 구림리(九林里)에 살던 정동업씨의 도움을 받아 1976년 11월 20일에 그 터를 찾았고, 1979년 6월에 해남차인회에서 옛 주춧돌 위에 새로 띠집을 지어 완성된 것이다.

일지암

한국 다도 고전 茶神傳

초의선사는 승려이며 시인이자 화가였으며, 조선 후기의 선종사(禪宗史)에 활력을 불어넣은 선문(禪門)의 거목이기도 하였다. 선사는 현실적이고 일상적인 생활 속에서 진리를 구현하고자 하였으니, 제법불이(諸法不二)를 강조하여 차와 선이 둘이 아니고, 시와 그림이 둘이 아니고, 시와 선이 둘이 아닌 경지를 노닐었다. 그러면서도 특히 다선일미(茶禪一味) 사상에 심취하였다.

1828년에 이르러 초의선사는 지리산 화개동 칠불암(七佛庵) 아자방(亞字房)에서 참선(參禪)하는 여가에 청나라 모환문(毛煥文)이 1615에 엮은 백과사전인 『만보전서(萬寶全書)』 가운데 채다론(採茶論)을 등초(謄抄)하면서 『다신전』을 집필하게 되었다.

칠불암은 아자방과 차(茶)로 유명한 절이자 가야의 일곱 왕자가 성불했다는 전설이 깃든 사찰이기도 하다. 전하는 말에 의하면 서기 97년에 가야의 수로왕과 인도

창포꽃이 피어 있는 일지암의 차밭(우)
늦가을의 일지암 전경(하단 좌)
눈 덮인 겨울의 일지암 전경(하단 우)

아유타 왕국에서 시집온 허황옥 사이에서 태어난 왕자 10명 가운데 일곱이 출가를 하였다고 한다. 이들은 가야산에 입산하여 3년간 수도하다가, 101년에 현재의 칠불암 자리에 있던 운상원으로 수행처를 옮긴다. 이들 일곱 왕자는 허황옥의 오빠인 장유화상을 따라 출가한 지 6년만인 103년 8월 15일에, 이곳 운상원에서 성불하여 부처가 되었는데, 이를 기뻐한 수로왕이 절을 크게 짓게 하고 칠불암이라 불렀다고 한다.

칠불암의 여러 건물 가운데 가장 독특한 것은 아자방이라는 온돌방 선원이다. 본디 이름이 벽안당이었던 건물로, 신라 효공왕 때 구들도사로 불리던 담공 선사가 구들을 놓으면서 버금 아(亞) 자 모양으로 만들어서 그렇게 불리게 되었다고 한다. 공간은 한꺼번에 50명의 스님이 벽을 보고 참선할 수 있는 크기인데, 이 온돌방은 한 번 불을 때면 한 달 반 동안이나 따뜻했다고 한다. 그러나 안타깝게도 한국전쟁 때 불탄 뒤 그 터만 겨우 보존되고 있다가, 1982년에 복원이 되었다.

칠불암과 아자방

한국 다도 고전 茶神傳

초의선사는 1828년에 바로 이 아자방
에서 수행을 하고 있었는데, 이때 초록
한 책이 『다신전』이다. 1830년(45세)에 일
지암에서 다시 정서(正書)함으로써 완성
되었다.

『다신전』 말미에서 초의선사는 이 책
이 완성된 경위를 다음과 같이 설명하고
있다.

칠불암에 세워진 초의선사 다신탑비

戊子雨際 隨師於方丈山(무자우제 수사어방장산)

七佛啞院 騰抄下來(칠불아원 등 하래)

更欲正書 而因病未果(갱욕정서 이인병미과)

修洪沙彌 時在侍者房 欲知茶道 正抄亦病未終

(수홍사미 시재시자방 욕지다도 정초역병미종)

故禪餘 强命管城子 成終(고선여 강명관성자 성종)

有始有終 何獨君子爲之(유시유종 하독군자위지)

叢林 或有趙州風 而盡不知茶道 故抄示可畏

(총림 혹유조주풍 이진부지다도 고초시가외)

庚寅 中春 休菴病禪 雪窓擁爐 謹書(경인 중춘 휴암병선 설창옹로 근서)

무자년(1828년)의 비오는 날, 스승을 따라 방장산(지리산) 칠불암 아자방에 갔다가
이 책자를 등초(騰抄)하여 내려왔다. 바로 다시 정서(正書)하고자 하였으나 병이
나서 끝을 맺지 못하였다. 사미승 수홍(修洪)이 시자 방에 있을 때 다도를 배우고자
하므로 정서(正抄)하게 하였으나 그 또한 병을 얻어 이루지 못하였다. 그리하여
좌선하는 틈틈이 짬을 내어 힘겹게 붓을 들어 완성한 것이니, 시작이 있고 끝이

있음이 어찌 유학자들만의 일이겠는가. 총림(叢林)에 혹 조주풍(趙州風)이 있기는 하나 다도(茶道)를 알지 못하므로 이를 초록하여 보이는 것이니, 가히 외람된 일이다. 경인년(1830년) 봄에, 휴암병선(休菴病禪, 초의)은 눈 쌓인 창가에서 화로를 안고 삼가 쓴다.

이어 초의선사는 52세 되던 1837년에『동다송(東茶頌)』을 지었다. 임금 정조(正祖)의 사위인 해거도인(海居道人) 홍현주(洪顯周, 1793~1865)가 다도(茶道)를 알려줄 것을 명(命)하여, 동국(東國, 우리나라)의 차(茶)를 칭송하는 칠언(七言) 31송(頌)의 시(詩)로 차사(茶事)를 기록한 것이다.

『동다송(東茶頌)』의 마지막 송에서 우리는 밝은 달과 흰 구름을 벗 삼아 차를 마시는 초의선사의 높은 경지를 미루어 짐작할 수 있다.

明月爲燭兼爲友(명월위촉겸위우)
白雲鋪席因作屛(백운포석인작병)
竹籟濤俱蕭凉(죽뢰송도구소량)
淸寒塋骨·心肝惺(청한영골심간성)
惟許白雲明月爲二客(유허백운명월위이객)

『다신전』과 『동다송』(태평양박물관 소장)

한국 다도 고전 茶神傳

道人座上此爲勝(도인좌상차위승)

밝은 달 촛불 삼고 또한 벗 삼아서

흰 구름을 방석하고 병풍으로 하니

죽뢰와 송도가 다 함께 시원하니

몸은 맑고 마음 또한 성성하네

흰 구름 밝은 달 손님으로 맞음에

도인의 이 같은 자리 승(勝)이라 한다네

1840년(55세)에는 헌종(憲宗)으로부터 대각등계보제존자초의대선사(大覺登階普濟尊者艸衣大禪師)라는 사호(賜號)를 받았다. 왕사나 국사 제도가 폐지된 조선시대에 초의선사가 이처럼 왕으로부터 사호를 받았다는 것은, 오로지 스님의 학덕과 지행이 모든 선비들로부터 존경과 사랑을 한 몸에 받았기 때문이다.

실제로도 초의선사는 다산과 추사를 비롯한 여러 뛰어난 유학자들과 매우 친밀한 관계를 맺고 있었는데, 특히 동갑이었던 추사와의 우정은 그야말로 각별하기 그지없었다. 그런데 1859년(74세)에 추사가 먼저 세상을 떠났다. 초의선사는 그의 영전에 제문 「완당김공제문(阮堂金公祭文)」을 지어 올렸고, 눈물로 작별을 고하고는 일지암(一枝庵)에 돌아와 두문불출하였다. 그토록 좋아하던 시도 짓지 않고, 조용히 지내며 오직 깊은 선정(禪定)에 들어 시간

대흥사의 초의선사상

가는 줄을 몰랐다. 산문 밖에는 일체 출입을 하지 않았으며, 모든 일을 생각 밖에서
만 이루어 놓았고, 실제로는 움직이지 않았다. 스님의 풍체는 범상(梵相)으로 위엄이
있고 뛰어나서 옛날 존자(尊者)의 모습과 같아 여든이 넘어서도 소년과 같이 건강한
모습으로 일지암에 주석(住錫)하였다고 한다. 그러다 문득 몸져 눕게 되었는데, 하루
는 시자(侍者)의 부축을 받아 일어나더니 서쪽을 향하여 가부좌(跏趺坐)를 하고 홀연
히 입적(入寂)하였다. 그때 세수(世壽)는 81세요 법랍(法臘)은 65년이었으며, 때는 고
종(高宗) 3년(1866년) 8월 2일이었다.

　　다비(茶毘)를 마친 뒤에 제자 선기(善機), 범인(梵寅) 등이 영골(靈骨)을 받들어 대흥
사 비전(碑田)에 부도(浮屠)를 세우고 봉안하였다.

참고문헌

『다신전』(태평양박물관본),『다경』(백천학해본)

석성우,『다도』, 한겨레출판사, 1981

김계훈 외,『토양학』, 향문사, 1982

유태종,『차와 건강』, 둥지, 1989

유태종,『음식과 궁합』, 둥지, 1994

홍영남 외,『식물생리학』, 아카데미서적, 1991

정운길,『식물재료사전』, 한국사전연구사, 1997

이경애 외,『식품학』, 파워북, 2008

박수정,『물속에 든 염소가 범인이다』, 나라, 2018

박영자,『해남의 옛이야기』, 해남우리신문사, 2019

위준문 외 지음, 장상환 옮김,『차 치료 처방』, 홍익재, 1995